Die Sage
von
Trojas Fall

Die Sage von Trojas Fall

FRANZ FÜHMANN

Mit Bildern
von Susanne Janssen

HINSTORFF

Der Text »Die Sage von Trojas Fall« erschien erstmals 1968 zusammen mit »Irrfahrt und Heimkehr des Odysseus« (Neuausgabe Hinstorff 2011) unter dem Titel »Das hölzerne Pferd«. Für die Neuausgabe wurde er behutsam der Neuen Rechtschreibung angepasst.

Die Deutsche Nationalbibliothek verzeichnet diese Publikation in der Deutschen Nationalbibliografie; detaillierte bibliografische Daten sind im Internet über http://dnb.ddb.de abrufbar.

1. Auflage 2011
Herstellung: Hinstorff Verlag GmbH
Lektorat: Thomas Gallien
Printed in Germany
ISBN 978-3-356-01387-0

Limitierte Vorzugsausgabe zusammen mit den Bänden »Prometheus. Die Titanenschlacht« und »Irrfahrt und Heimkehr des Odysseus« im Schuber: ISBN 978-3-356-01431-0

Neun Jahre hatte der Kampf um Troja schon getobt; neun Jahre lang hatten Griechen und Trojaner in rasendem Metzeln die Erde mit so viel Blut getränkt, dass die Flüsse und Bäche diesen Landstrich nur widerwillig und in höchster Eile durchströmten; neun Jahre lang hatte Volk gegen Volk in wildestem Grimm gewütet, und nun waren sie beide, Angreifer wie Verteidiger, des grausamen Handwerks müde und sehnten sich nach Frieden und stillem Glück. Denn der Anlass des männerverzehrenden Schlachtens war ja ein Nichts gewesen: Ein griechischer Stamm hatte, wie es zu jener Zeit beinah Brauch war, den Trojanern eine Tochter ihres Königs Priamos geraubt, worauf der troische Prinz Paris sich Helenas, der Gemahlin des Spartanerkönigs Menelaos, bemächtigt und sie übers Meer in seine Vaterstadt am Fuß des Ida entführt hatte, und dieses Frauenraubes wegen war denn ein Krieg entbrannt, der neun Jahre schon dauerte und dessen die Völker nunmehr müde waren. »Warum für Helena sterben?«, so fragten sie.

Immer heftiger drängten die griechischen Krieger zur Heimkehr, denn den Schiffen begann das Holz stockig zu werden, und Seile wie Segel drohten zu vermodern, und immer heftiger drängte auch das Volk Trojas, das unter der harten Belagerung ächzte, seine Fürsten, den Kampf abzubrechen und die Geraubte herauszugeben. Dem Willen der Völker nach Versöhnung und Frieden hätte schließlich nichts mehr widerstanden; Zeus aber, der König der Götter, dieser urbösen oberen Wesen, die in ihren blinden Launen mit Menschen spielen wie ein Knabe mit gerupften Käfern und Fliegen, Zeus hatte, um seinem Eheweib Hera gefällig zu sein, den Untergang Trojas beschlossen und wollte von seinem Beschluss nicht mehr lassen. Er reizte darum die Heerführer der Griechen, vor allem ihren Oberbefehlshaber Agamemnon, zu wilder Gier nach Beute und Schätzen an. »Was willst du dich von der Stadt wenden und in die Heimat zurückkehren, mächtiger König«, so redete Zeus Agamemnon im Traum an, »was willst du zurückkehren, ehe du nicht alle Güter des üppigen Troja erobert hast? Höre auf mein Wort und rüttle die Völker der Griechen noch einmal zum Kampf auf; das stolze Troja ist reif zum Fall, ein kraftvoller Ansturm genügt, seine Mauern niederzustürzen!«

So redete Zeus zu Agamemnon; in Trojas Burg Ilion aber erschien Ares, der ungeschlachte stierwütige Gott des Krieges und der Vernichtung, der im Wachen wie im Schlafen stets den ehernen Helmbusch trägt, und versprach Hektor, dem Führer der Trojaner, den Ruhm und die Ehre eines Sieges mit dem Schwert. »Ihr werdet den Feind niederwerfen, seine Schiffe verbrennen und all sein Hab und Gut nach Troja schleppen, wenn ihr nur tapfer streitet«, so redete er. Denn auch die unsterblichen Götter waren in Zwietracht geraten und nahmen je für die Griechen oder die Troer Partei. Mit einem Streit unter ihnen, den Oberen, hatte, wie so mancher Krieg, einst auch dieses Unheil begonnen, und so soll denn von dem bösen Ursprung berichtet sein.

Der Apfel der Eris

Das Urteil des Paris

Auf einem Fest in der Felsenburg Pelion – es war dies die Hochzeitsfeier der Meergöttin Thetis mit dem Myrmidonenkönig Peleus, dem künftigen Vater des hochberühmten Helden Achilles –, auf dieser Hochzeitsfeier also, zu der alle Gottheiten außer einer, der Eris, geladen waren, rollte ebendiese Eris, die schlangenhaarige Göttin des Neids und der Zwietracht, Tochter der Nacht und Schwester des völkerwürgenden Ares, einen goldenen Apfel mit den eingegrabenen Worten »Der Schönsten!« unter die fröhlich Zechenden und stahl sich sogleich mit hämischem Lachen wieder davon. Sofort sprang Hera, die Schwester und Gattin des Zeus und Königin aller Unsterblichen, von ihrem Sitz und wollte den Apfel ergreifen, doch gleichzeitig mit ihr streckten Pallas Athene, die eulenäugige Göttin der Weisheit, des Webstuhls, der Kampflist und vieler anderer Künste, und Aphrodite, die aus dem Silberschaum des zyprischen Meeres geborene Göttin der Liebe, ihre Hand nach dem Geschenk der Zwietrachtstifterin aus. Vergebens berief sich Hera auf ihre Königinnenwürde; keine der Unsterblichen wollte der anderen weichen, ja die Göttinnen drohten schon, wie es oft ihre Art war, einander in die Haare zu fahren und mit ihren scharfen Nägeln Wangen und Brust der Nebenbuhlerinnen zu zerfleischen, da gebot Zeus aufgebracht mit hallender Stimme Ruhe und wies, da er sich scheute, selbst einen Schiedsspruch zu fällen, auf die Erde hinab nach jenem kleinasiatischen Küstenstrich nahe den Dardanellen, wo Paris, ein Sohn des Troerkönigs Priamos, die Rinderherde seines Vaters in einem schattigen, nach süßem Gras und Klee duftenden Tale des Hochgebirges Ida weidete. »Dieser edle, wohlgestaltete Jüngling, dessen aufrechten Sinn ich kenne, soll euer Schiedsrichter sein«, bestimmte Zeus, »seinem Spruch habt ihr euch ohne Murren zu fügen, als wäre er mein eigenes Wort! Hermes, der Götterbote, mag euch geleiten; handelt nun ungesäumt, damit dieser widrige Zwist rasch überwunden sei und unser Fest wieder fröhlich werde!«

Also befahl Zeus, und die Göttinnen waren einverstanden, denn jede war von sich überzeugt, des jungen Paris Herz und Urteil zu gewinnen. So eilten sie denn, schneller als der Blitz niederfährt und dennoch leiser und sanfter als der Fall einer Flocke, zur Erde hinab, und Hermes, der göttliche Herold mit den geflügelten Schuhen und dem geflügelten flachen Wanderhut, geleitete sie. Paris erstarrte vor Schreck, als plötzlich aus dem rauschenden Nichts der Luft vier Himmlische vor ihn hintraten; er erbleichte, sein Haar sträubte sich, und er stürzte auf die Knie und berührte mit der Stirne den Boden. Hermes hieß ihn mit freundlichen Worten aufstehen und sich nicht ängstigen, dann berichtete er dem Prinzen vom Streit im Olymp und der Entscheidung des Götterkönigs und überreichte dem Verschreckten den goldenen Apfel. »Ich bin doch aber nur ein Sterblicher«, erwiderte Paris voll Furcht und Grauen, »wie könnte ich da über die Oberen richten, und gar über drei der Allerhöchsten! Ich werde mich bemühen, den goldenen Apfel möglichst genau in drei Teile zu teilen, und jeder der Herrinnen ein Drittel überreichen; mehr kann unmöglich meine Pflicht sein!« So stammelte Paris; Hermes aber fuhr ihn mit barschen Worten an. »Widersetze dich ja nicht dem Willen des Allvaters«, so sprach der Götterbote, »gehorche prompt und hüte dich, dass dir der Allgewaltige nicht grolle! Er hat befohlen, dass du der Schönsten den Preis zusprichst; suche also keine dummen Ausflüchte, sondern handle nach seinen Worten!«

Der arme Paris verfluchte sein Geschick. Er wagte nicht, die Augen zu den Göttinnen zu erheben, und wusste nicht, was er tun und wie er urteilen sollte. Wie immer er sich auch entschied, so dachte er, ob für Hera, Athene oder Aphrodite, er würde in jedem Fall den unauslöschlichen Zorn der beiden ausgeschlagenen Göttinnen auf sich ziehen; und weigerte er sich, ein Urteil zu fällen, würde er sich Zeus zum Feind machen, und das hieße günstigstenfalls sein junges Leben verlieren, wenn nicht gar zu ewigen Qualen verurteilt sein. Hera merkte die Verzweiflung des prinzlichen Hirten sehr wohl. Sie legte ihren Arm um seine Schulter, führte ihn, der sich von ihr willenlos leiten ließ wie ein loses Blatt vom Wind, ein Stückchen abseits und sprach: »Ich weiß wohl, dass du dich längst für mich entschieden hast, Paris, jedoch zugleich den Zorn meiner Nebenbuhlerinnen fürchtest. Nun, vergiss nicht, dass ich neben Zeus auf dem Götterthron sitze und immer meine schützende Hand über dich halten werde. Wenn du mir den Erisapfel zusprichst, gelobe ich dir mit meinem Göttereide, dich zum Reichsten aller Irdischen zu machen und zum Herrn aller Lande ostwärts von Troja bis hin zum Ozean, also über den Erdteil, den man Asien nennt! So sei denn ohne Furcht und Sorgen und erkenne mir ungesäumt den Preis zu!«

So sprach Hera, und ähnlich redete Athene zu Paris, der, obwohl doch sonst nicht blöde, noch immer nicht wagte, seine Augen zu den Göttinnen zu erheben und hilflos mit gesenktem Haupt vor den strahlenden Schönen stand. »Vergiss nicht, dass mich keines Weibes Schoß geboren hat, sondern dass ich waffenklirrend dem Haupt des Zeus entstiegen und darum seine Lieblingstochter bin«, so sprach die eulenäugige Pallas, »meine Widersacherinnen werden, sosehr sie sich auch spreizen und dich einzuschüchtern versuchen, dir keinen Schaden zufügen können, auch Hera nicht! Gib mir den Preis, und ich will dich zum weisesten Manne der Welt und zum Sieger in allen Schlachten machen, so dass dein Ruhm bis in die Ewigkeit erklingen wird!«

So redete Athene, und Paris stand noch immer unentschlossen, da fasste Aphrodite, die Göttin der Schönheit und der Liebe, nach seiner Hand, und als sie ihn berührte, durchschauerte den Prinzen ein Zauber; er fühlte Aphrodites Hand wie ein süßes Feuer auf der seinen und hob das bisher gesenkte Haupt und sah Aphrodites Angesicht und schaute ihr Lächeln wie das Morgenrot über dem weißen geschweiften Inselstrand, und Aphrodite beugte sich zu seinem Ohr und flüsterte: »Paris, wenn du mich als Siegerin krönst, will ich dir die schönste Frau der Welt zur Gemahlin geben: Helena, die Gattin des Menelaos, die alle Männer der Erde und des

Olymp im Wachen wie im Traum begehren. Was frommt dir Weisheit, und was nützt dir Macht, wenn die Liebe dich flieht! Darum lausche auf die Stimme deines Herzens und rufe mich als Siegerin aus!«

»Aber wie könnte Helena mein Weib werden, da sie doch schon einem Gemahl gehört?«, fragte Paris, und Aphrodite lachte hellauf und sprach: »O Hirt des Idagebirges, wie töricht du fragst! Ich bin doch die Göttin der Liebe, Paris, und diese Macht hat bisher noch jedes atmende Geschöpf bezwungen! Vertraue nur meiner Kunst und suche eine Gelegenheit, ein Schiff nach Sparta zu führen, alles andere überlass getrost meinem Wirken!«

Da Paris dies vernahm und da die Göttin ihr Versprechen beschwor, reichte der Troerprinz ihr den goldenen Apfel und sprach: »Der Schönsten!« Triumphierend hob die Göttin der Liebe den Apfel hoch, dass er in der Sonne blitzte; Hera und Athene aber wandten sich zornentbrannt um und gingen Arm in Arm davon, und Hera sprach: »So soll denn um dieses Tölpels willen Troja verflucht sein und im Krieg verbrennen; seine Mauern sollen geschleift werden, seine Söhne sämtlich in den Staub sinken und seine Kinder und Frauen als wehrlose Beute den Feinden zufallen! Fluch jenem Sterblichen, der mir, der Götterkönigin, diesen Schimpf angetan; Fluch der Stadt, die ihn beherbergt, und Fluch dem Volk, das ihn aufgezogen! Die Hunde mögen sein Fleisch und das seiner Brüder fressen und die Geier seine Knochen über dem Schlachtfeld zerstreuen; nicht ungestraft soll ein Erdenwurm Heras Schönheit missachtet haben!« So zürnte die Götterbeherrscherin, und Athene stimmte in ihre Verwünschungen ein; Aphrodite aber segnete Troja, und Ares, der wüste Geselle, der die Schaumgeborene ungestüm liebte, trat an ihre Seite und versprach dem Priamosvolk Beistand und Schutz. Zeus wiederum, von dem die grollenden Göttinnen blutige Genugtuung ob ihrer Schmach gefordert hatten, beschloss Trojas Untergang. Denn böse und unbekümmert um menschliches Glück planen und handeln die Oberen, das sollten die Griechen wie die Trojaner nur allzubald erfahren: Griechen aus Salamis, von Athene angestiftet, entführten eine trojanische Prinzessin; der Königssohn Paris erbot sich, diese Schmach zu rächen, und rüstete eine stattliche Kriegsflotte aus, doch er steuerte mit ihr nicht Salamis, sondern Sparta an, wo König Menelaos, damals ein guter Freund des mächtigen und reichen Troja, herrschte. Acht Tage weilte Paris als geehrter und vielgefeierter Gast in der Königsburg; in der neunten Nacht aber entführte er Helena, die Gemahlin des Menelaos, die, von Aphrodites Zauber geschlagen, sich schon beim ersten Blick blindlings in den jungen Troerprinzen mit den langen Augenwimpern und dem gekräuselten schwarzen Haar verliebt hatte und nur darauf brannte, ihm anzugehören. So floh sie denn, nachdem sie noch einen großen Teil des Königsschatzes an sich genommen hatte, willig mit ihrem Entführer zur Flotte und gab sich ihm noch auf dem nordostwärts stürmenden Schiff, an dessen Bug die Galionsfigur der nackten Aphrodite prangte, hin, und als die Geraubte Troja betrat, waren alle Männer dermaßen von ihrer Schönheit geblendet, dass sie den feierlichen Schwur ablegten, diese betörendste aller Erdentöchter niemals den Griechen zurückzugeben, was für Folgen auch immer aus dieser Haltung erwachsen sollten.

Die Atriden sammeln ein Heer

Als Menelaos am nächsten Morgen der Schmach gewahr wurde, die sein Gastfreund ihm angetan, eilte er nordwärts über das Pelopsland zu seinem Bruder Agamemnon, dem König von Mykene, und forderte ihn auf, ihm Beistand zu leisten und ein Heer wider Troja aufzustellen. Sparta, über das Menelaos herrschte, war zu jener Zeit die stärkste Macht der Griechen, die *ein* Volk waren, aber, in Stämme geteilt und jeweils von einem König regiert, voneinander abgeschieden in bergumschlossenen Tälern oder auf meerumwogten Inseln lebten. Wie Menelaos über Sparta, so herrschte Agamemnon über Mykene, das nahe dem Golf von Korinth gelegen war. Agamemnon scheute einen Krieg mit dem wohlbefestigten, mit vielen asiatischen Reichen verbündeten Troja; er schickte eine Gesandtschaft aus, um über Helenas Rückgabe zu verhandeln, doch seine Boten wurden, getreu jenem Schwur, den die

Troer bei Helenas Einzug in die Stadt geleistet hatten, mit Schmähworten abgewiesen und zurückgeschickt. Da entschloss sich Agamemnon zum Krieg.

Die Brüder, nach ihrem Vater Atreus auch Atreussöhne oder Atriden genannt, zogen nun durch die griechischen Lande und warben um Beistand, und da alle Stämme ihnen freundschaftlich verbunden waren und beider Macht auch fürchteten, war die Reise erfolgreich. Als Ersten gewannen sie den hochbetagten König Nestor aus Pylos, der als weisester aller Herrscher galt. Mit seinem helfenden Rat gelang es den Atriden, fast alle Könige der Griechen zum Heerzug gegen Troja zu bewegen, so Tlepolemos von Rhodos, der neunzig Schiffe mit Kriegern zu senden versprach, sodann den hünenhaften und bärenstarken Ajax von Salamis, der zum Unterschied vom hurtigen Ajax von Lokris der Große Ajax genannt wurde; weiter gewannen die Brüder Menestheus von Athen, Idomeneus von Kreta, Diomedes von Argos und all die Könige von Orchomenos, Böotien, Phökis, Euböa, Elis, Ormenion, Syma, Argisse, Kyphlos und zahlreichen anderen Städten und Inseln, und jeder Herrscher führte sein Kriegsvolk samt reichen Vorräten an Getreide, Schlachtvieh, Öl und Wein auf rotgeschnäbelten Schiffen zur Sammelstelle.

Sammelplatz des vereinten Expeditionsheeres war die Hafenstadt Aulis an Böotiens Küste gegenüber der langgestreckten Insel Euböa. Das Meer vor Aulis' Mauern wogte von Masten wie ein Wald, und wenn Wind aufkam und in die Segel fuhr, knatterte ihr vieltausendfaches Flügelschlagen wie Donner über die Wogen. Scharen von Geiern kreisten, ohne die Schwingen zu rühren, stundenlang über der schwimmenden Stadt, um sich dann jählings auf die Reste des Mahles zu stürzen und sich dabei mit Bussarden und Raben im Kampf zu hacken.

So lagerten schließlich fünfhunderttausend Griechen in Aulis; auch der anfangs widerspenstige König Odysseus von Ithaka war mit zwölf Schiffen zu ihnen gestoßen, und es fehlte nur noch ein einziger König: Achilles von Phthya in Thessalien, der Führer der schlachterfahrenen Myrmidonen, ein erst sechzehnjähriger, doch schon von solchem Ruhm bekränzter Held, dass die Griechen ohne ihn nicht in das ungewisse Abenteuer ziehen wollten. Phthya war denn auch eine der ersten Städte gewesen, die Agamemnon und Menelaos aufgesucht hatten, um Kämpfer zu werben, allein sie hatten dort erfahren müssen, dass der junge König über Nacht spurlos verschwunden war. »Niemand anderes als seine Mutter, die Meergöttin Thetis, kann ihn entführt haben«, hatte der völlig verstörte Vater des Achilles, der greise Myrmidonenfürst Peleus, erklärt, »sicher fürchtet sie, dass ihr, die schon sechs Söhne im Krieg verloren hat, nun auch noch das geliebte jüngste Kind genommen werden könne, denn Zeus selbst hat unserem Sohn einst die Wahl zwischen einem langen, friedvollen Alltagsdasein und einem kurzen, aber taten- und ruhmreichen Heldenleben gewährt, und der Unbändige hat sich ohne Zögern für das Letzte entschieden! Nun ist er seit gestern Nacht verschwunden, ohne eine Spur hinterlassen zu haben, und ihr müsstet schon, mächtige Könige, ins blaue Meer zum Muschelpalast der Göttin hinuntersteigen, wenn ihr nach ihm forschen wollt!«

So hatte Peleus gesprochen, und es war in der Tat Thetis gewesen, die ihren Sohn entführt hatte, um ihn vor dem drohenden Verderben zu retten, denn seit sie Achill unter dem Herzen getragen, wusste sie, dass ihm, wenn er nach Troja ziehe, der Schlachttod im fernen Land bestimmt war. Sie hatte darum sofort nach ihrer Niederkunft versucht, dem Neugeborenen Unsterblichkeit zu verleihen, und ihn sechs Nächte hindurch in einem himmlischen Feuer gebadet, um alles aus seinem Fleisch auszubrennen, was vom Vater her sterblich an ihm war; in der siebten Nacht jedoch, als die Göttin ihr Werk fast vollendet glaubte, war Peleus aus dem Schlaf gefahren und hatte entsetzt das nackte Knäblein im Feuer sich winden gesehen, und ehe die überraschte Göttin dem Gemahl ihr seltsames Tun hätte erklären können, war Peleus, die grausame Mutter verfluchend, ans Feuer gesprungen und hatte den Säugling mit einer Zange aus den Flammen gezogen und damit wider Willen einen verwundbaren Teil an ihm belassen: die von der Zange berührte Ferse des rechten Fußes. Die Mutter war betrübt von ihrem unverständigen Gemahl gewichen und hatte sich in ihr schimmerndes Meerreich zurückgezogen; der junge Achill aber war vom Vater zu dem berühmten Arzt Cheiron in Pflege gegeben und von diesem ausschließlich mit dem Mark von Bären, den Herzen von Löwen und den Schlegeln der schnellsten Hirsche genährt worden, so dass der Knabe sich schon mit sechs Jahren als kühner Jäger und Krieger beweisen und mit fünfzehn Jahren von dem alternden und nach Thetis' Scheiden auch menschenscheuen und vergrämten Peleus zum König berufen werden konnte. Nun aber war er verschwunden, und niemand kannte seinen Aufenthaltsort.

Schon drohte das Griechenheer sich aufzulösen, da erschien Athene Agamemnon im Traum und enthüllte ihm, dass Thetis ihrem Sohn Achill mädchenhafte Anmut verliehen, ihn in Frauengewänder gehüllt und unter der Mägdeschar des ihr befreundeten Königs von Skyros, einer gebirgigen Marmorinsel im Nordmeer, verborgen hatte. Sofort schickte Agamemnon den listigschlauen Odysseus, den weisen Nestor und den Großen Ajax nach Skyros, den jungen Helden zur Teilnahme am Kriegszug zu bewegen. Die Gesandten durchstöberten Stadt, Palast und Hafen, doch sie fanden Achilles, der seiner geliebten Mutter keine Bitte abschlagen konnte, und sich, wenn auch zähneknirschend, ihrem Willen beugte, nicht aus den Dienerinnen heraus. Da hieß Odysseus die Mägde sich versammeln und breitete eine Fülle von Schätzen und Schmuckstücken vor sie hin: juwelenbestickte Gürtel, kunstvoll gefärbte Sandalen aus weichestem Leder, wollene Mäntel, Purpurgewänder, Krüge aus Gold, Armspangen, Ringe, Ketten und anderes Silbergeschmeide, und, halb unter Tüchern und Schalen verborgen, auch einen Schild und ein Schwert. »Nehmt euch, ihr Mägde, ein Stück, das euer Herz begehrt«, rief Odysseus, gleichzeitig aber hieß er vor dem Palast Alarm schlagen und Waffen wider Waffen haun. Als die Mägde das Kampfgetöse vernahmen, ließen sie ihre rasch errafften Schätze fallen und flohen erschrocken in eine Ecke, ein Mädchen jedoch bückte sich nach dem Schwert und dem Schild und schickte sich an, vor den Palast zu eilen. So ward Achilles erkannt und vermochte sich nun dem Werben der Könige nicht mehr zu entziehen; er kehrte nach Phthya zurück, rüstete ein Heer und steuerte mit seinen Myrmidonen, dem Schrecken der Schlachten, auf fünfzig schwarzgestrichenen, mit schwarzen Masten und schwarzen Segeln bestückten hochbordigen Schiffen nach Aulis zum griechischen Sammelplatz.

Die Griechen landen vor Ilion

Da nun die Streitmacht vereint war, wählten die Könige vor der Abfahrt Agamemnon zum Oberbefehlshaber über Heer und Flotte, doch Idomeneus, der stolze König der Kreter, drohte mit seinen hundert Schiffen wieder zur Heimat zurückzukehren, wenn Agamemnon den Oberbefehl nicht mit ihm teile. Agamemnon konnte den Kreter, der das größte Kontingent aller Stämme stellte, nicht missen und fügte sich, dafür übernahm er noch zusätzlich den Befehl über das Landheer und bestimmte Odysseus und Diomedes zu seinen Stellvertretern; den Befehl über die Flotte erhielt Achill, und sein Gehilfe wurde der Große Ajax. Bei günstigem Wind stach die Flotte in See, durchquerte mit knatternden Segeln die windgepflügte Ägäis und landete schließlich an einem flachen Küstenstrich, von dem sich eine grasbewachsene, von einem hufeisenförmigen Gebirgszug und zwei breiten Strömen, dem Skamandros und dem Simoeis, eingefasste Ebene zwei Wegstunden weit bis zu Trojas mauerumwehrter Festung Ilion zog. Hier wurden die Schiffe an Land gebracht und wohl ausgerichtet in die Ebene hinein, aber auch den Hang hinauf aufgestellt, so dass es aussah, als ständen sie sowohl neben- als auch übereinander, und zwar in solcher Ordnung, dass zwischen ihren Blöcken schnurgerade Straßen und Gassen sich zogen, durch die man wandern konnte wie durch die Straßen einer hügelansteigenden Stadt. Unter jedes Schiff waren Steinplatten gelegt, dass sein Rumpf auf dem feuchten Boden nicht modre, und vor diesem stadtartigen Schiffsblock wurde nun in die Ebene hinein das Heerlager aufgeschlagen, das einer volkreichen Metropole in nichts nachstand. So weit das Auge nur blicken konnte, reihten sich, stammweise gegliedert, die Gevierte der schilfgedeckten Lehmhütten um die festen Häuser der Fürsten und Könige; Vorratshallen und Scheunen schlossen sich an; Keller und Brunnen waren

gegraben, Opferaltäre rund um den geräumigen Ratsplatz gebaut und sogar eine Arena war angelegt worden, weil die Achaier, wie Griechenlands Söhne sich gern nannten, selbst im Feld die gewohnten sportlichen Spiele und Wettkämpfe wie Wagenrennen, Schnelllauf, Bogenschießen, Diskuswurf, Ringen, Faustkampf und Speerschleudern nicht missen wollten. Schließlich schützten ein Erdwall und eine Brustwehr und davor ein tiefer, mit spitzen Pfählen bestückter und nur vor dem Tor zu einer passierbaren Furt aufgeschütteter Graben die Lagerstadt, aus der neun Jahre lang das Griechenheer sich ergossen hatte, die Festung Ilion zu stürmen, und neun Jahre lang war so viel Blut in das stöhnende Erdreich, auf dem kein einziger Halm mehr gedieh, gesickert, dass die früher so sanften Wasser des Simoeis und des Skamandros nur zornschäumend diesen Landstrich durchströmten und eilten, ins friedliche Meer zu münden. Neun Jahre lang war Krieg gewesen, und das Volk war des Schlachtens schon dermaßen müde, dass die Griechen im zehnten Frühjahr in See gestochen und in die Heimat zurückgekehrt wären, hätte Zeus nicht ihre Führer und hätten die Führer nicht ihre Stämme tollgierig nach Beute und Reichtum gemacht. So rüsteten nun die Achaier, nachdem sie Monate hindurch ihr Lager nicht verlassen hatten, wieder zum Großangriff auf Trojas Tore, und Agamemnon, ihr Oberbefehlshaber, und einige andere Könige, darunter Achilles, Diomedes, Idomeneus und der Große Ajax, waren so wildgelüstig nach Mehrung ihres Besitzes, dass sie einige Tage vor dem angesetzten Sturm das fernab am Meer gelegene, neutrale und bislang vom Krieg verschont gebliebene Städtchen Chryso überfielen, die völlig überraschten Männer niederhieben, die Häuser verheerten und alles Hab und Gut der kleinen Stadt zu den Schiffen schleppten. Wie es Brauch war, teilten die Krieger die Beute sofort unter sich auf; dem Achilles wurde die schöne Jungfrau Briseïs samt vier goldenen Schüsseln und Pokalen zugesprochen; Agamemnon aber begehrte, nebst reichem Tempelgeschirr, die wider alles Herkommen und wider alle Sitte geraubte Tochter des Apollonpriesters Chryses, Chryseïs mit Namen, als sein Eigentum und führte die bitterlich weinende und um Schonung flehende Priestertochter als Sklavin in sein Haus aus Holz und Stein.

Der Groll
Achills

Der Streit der Könige

Als Chryses, der Priester des blauhaarigen Apollon, aus der Betäubung erwacht war, in die ihn der Raub seiner Tochter gestürzt hatte, wand er eine Lorbeerranke, das Zeichen der Unverletzlichkeit, das Herolden und Gottesdienern zukam, um seinen Priesterstab, trug an Gold und Schmuck zusammen, was er in dem ausgeplünderten Städtchen noch vorfand, und machte sich auf den weiten Weg zu den Griechen. Dort angekommen, warf er sich Agamemnon zu Füßen und flehte ihn an, ihm die Tochter auszulösen. Agamemnon aber, von Habsucht besessen und auch in den Liebreiz der Chryseïs vergafft, entriss dem Priester die mitgeführten Lösegüter und wies ihn mit Schmähworten aus dem Haus. »Wage nicht, dich jemals wieder hier blicken zu lassen und um das Mädchen zu jammern, störrischer Alter«, so herrschte er ihn an, »ein nächstes Mal würden dich weder Stab noch Lorbeer vor einem Strafgericht schützen!«

Chryses wandte sich wortlos ab und ging trauernd an der Küste zu seiner zerstörten Heimatstadt zurück, und über das Brausen der Wogen hin sandte der Vater flehende Worte zu Apollon und beschwor ihn, den Frevel zu rächen, der seinem Tempel und Priester widerfahren war. »Erhabener Gott der Bogenkunst, des Gesangs und des Feldbaus, o Apollon Smintheus, der du die schädlichen Mäuse und Ratten vertilgest«, so betete der Alte, »höre auf mein Flehen und sende, nie Fehlender, deine Pfeile ins Heer der Ruchlosen, dass sie schändlich verenden wie Ungeziefer, das man mit den Füßen zertritt!«

Apollon hörte seinen Priester flehen, und als er dann den ausgeraubten, verwüsteten Tempel erblickte, runzelte er voll Zorn die Brauen, versah seinen Köcher mit gefiederten silbernen Pfeilen und eilte vom schneebedeckten Olymp zur Erde hinab. Unsichtbar, ein düsterer Schatten im Abenddämmern, so schritt er durchs Lager der Griechen, jedoch die Pfeile in seinem Köcher klirrten, und die Männer, an denen er vorüberging, kam Grauen an. Hinter den Schiffen ließ der rachedürstende Gott sich auf einem Hügel nieder, legte den ersten Pfeil auf die Sehne, spannte sie und sandte das Geschoss in den Leib eines streunenden Hundes. Das Tier fiel auf der Stelle in den Staub und heulte vor Schmerzen, seine Nüstern und Lefzen wurden trocken und schwarz wie Teer, und dort, wo das unsichtbare Geschoss in seinen Körper eingedrungen war, stülpte sich eine harte Beule, die bald aufbrach und einen stinkenden Eiter entleerte, aus dem Leib. Wenig später starb das Tier, doch da heulte schon wieder ein Hund auf und dann auch ein Pferd und dann ein Maultier, und schließlich wälzten sich die ersten getroffenen Krieger im Straßenstaub. Die Pest war ins Lager der Griechen eingebrochen. Pfeil um Pfeil ließ Apollon vom Bogen schnellen, und wen immer er traf, den raffte die Seuche hinweg: Hunde, Maultiere und Pferde zuerst, dann Krieger um Krieger und schließlich auch einen Königssohn. Darum berief, als alle Opfer und Gebete die wütende Verderbnis nicht einzudämmen vermocht hatten, Achilles eine Versammlung des ganzen Heeres zu den Schiffen und gebot dem Priesterpropheten Kalchas, dem die Unsterblichen die Gabe verliehen hatten, verborgene und künftige Dinge zu erspähen, ungescheut kundzutun, welchen Gott man erzürnt habe und was getan werden müsse, seinen Groll zu stillen.

»Ich will es dir sagen, Sohn des Peleus«, erwiderte Kalchas, »jedoch du musst mir versprechen, mich zu beschützen, denn mein Spruch wird einen Mächtigen sehr erregen!« Achilles versprach dies, und Kalchas erklärte, Apollon plage das griechische Heer ob des Frevels an seinem Priester Chryses; Agamemnon möge die geraubte Jungfrau mit einem reichen Sühnegeschenk ihrem Vater nach Chryso zurücksenden, dann werde Apollon wohl von seinem Strafgericht lassen und gnädig sein.

Als Agamemnon dies hörte, fuhr ihm die schwarze Galle ins Blut, und sein Herz kochte auf wie ein brodelnder Kessel. »Du Unglücksseher«, so fuhr er den Priester an, »du Unheilsprophet, der du noch nie ein gedeihliches Wort für mich und mein Haus ausgesprochen, du faselst auch jetzt nur daher, um mir zu schaden! Du weißt sehr wohl, dass Chryseïs mir teuer ist und dass ich im Sinn habe, sie neben mein Eheweib Klytaimnestra zu stellen! Neid spricht aus dir, sonst gar nichts, und voll Hass und Gift sind deine Worte! Doch um des Volkes willen mag nach deinem Spruch geschehen; ich will Chryseïs herausgeben, doch es ist dann nur recht und billig, dass mir, zum Ersatz, ein andres Beutegut als Ehrengeschenk zugesprochen wird, denn wie käme ich dazu, als einziger den Schaden davonzutragen!«

»O höchst ruhmvoller und höchst habgieriger Feldherr«, erwiderte Achilles, »woher sollte dieses Ehrengeschenk denn genommen werden? Wir sind doch seit vielen Jahren davon abgekommen, einen Teil der Beute als Gemeineigentum aufzubewahren! Was wir aus Chryso gebracht, ist längst verteilt, und was dem Einzelnen gehört, ist sein Eigentum, und keiner, auch du nicht, kann es ihm jemals wieder nehmen! Schicke dich also so lange drein, Agamemnon, bis wir Troja erobert haben; das Volk wird dir dann sicher einen dreifachen Anteil gewähren und dich fürstlich für den geringen Verlust entschädigen!«

Die Krieger riefen ihr zustimmendes Wort, allein Agamemnon erwiderte heftig: »Ich kenne deine Schläue und Durchtriebenheit, Achilles, du hast ja nur vor, mich um meinen Anteil zu prellen! Nichts da von morgen und übermorgen! Heute, jetzt, sofort will ich mein Beutestück, und wenn es das Volk mir nicht zusprechen mag, so gehe ich hin und nehme es mir mit eigener Hand! Vielleicht nehme ich den Anteil des Ajax oder den des Odysseus oder vielleicht auch deinen eigenen, Peleussohn, und du wirst die Hand nicht wider mich heben! Doch jetzt ist keine Zeit, darüber zu schwätzen! Wählt zwanzig Ruderer, zieht ein Schiff ins Meer und stattet es reichlich mit Opfergaben aus, ich will meinetwegen die Jungfrau samt den Sühnegeschenken an Bord bringen, das Schiff aber mag dann ein andrer nach Chryso steuern, Odysseus oder Ajax oder Idomeneus, was kümmert mich das, darüber soll Achilles befinden, der ja Befehlshaber der Flotte ist!«

Nach diesen Worten erhob sich Agamemnon und wollte die Ratsversammlung auflösen; Achill aber sah ihn mit einem finsteren Blick an und sagte drohend: »Du Unverschämter, auf nichts sinnst du als auf deinen eigenen Vorteil! Es ist ein Wunder, dass dir überhaupt noch einer der Achaier gehorcht! Freiwillig, um dir und deinem Bruder gefällig zu sein, und nicht Ilions wegen habe ich meine Myrmidonen in den männermordenden Krieg geführt; kein Troer hat mir ein Leid angetan oder auch nur ein einziges Stück Vieh geraubt, denn so viel Land und Meer hat Zeus zwischen unsere Völker geschoben, dass wir für alle Zeiten in Frieden miteinander leben können! Nur um Menelaos und dich zu rächen, du Schändlicher, habe ich mein Volk vor Trojas Tore gebracht, und nun drohst du mir meine wohlerworbene Beute zu entreißen! Ausgerechnet du und ausgerechnet mir! Ich trage jedes Mal die härteste Kampflast und bin immer im dichtesten Getümmel zu finden, indes du dich aus allen Gefahren heraushältst und im Lager herumlungerst; kommt es aber zur Teilung der Beute, schleppst du den Löwenanteil weg, während ich, vom Kampf erschöpft, mich willig mit wenigem begnüge. Aber des bin ich nun satt! Ich werde meine Flotte rüsten und mit meinem Volk nach der Heimat zurückkehren; du magst ja sehen, wie du ohne mein Schwert zu Ruhm und Reichtum kommst!«

»So flieh nur, flieh, du Feigling!«, schrie Agamemnon aufgebracht, »mir bleiben hier Helden und wackere Kämpfer genug, um Troja zu nehmen! Froh sein werden wir alle, wenn wir dich nicht mehr ertragen müssen! Schon längst bist du mir der verhassteste aller Gekrönten geworden, immer nur liebst du Zank und Streit und Zwietracht und Stänkerei! Geh denn mit deinen Myrmidonen, geh und geh schnell, wir werden dir keine Träne nachweinen! Doch damit du begreifst, wer du vor mir bist, werde ich mit eigener Hand die schöne Briseïs von deinem Zelt fort auf mein Nachtlager führen, und du wirst nicht wagen, mir, deinem Feldherrn, zu trotzen, du störrischer Wicht!« Da entflammte Achilles in Wut, seine Augen glänzten in gelbem Fieber, und er griff nach dem Schwert und hätte es aus der Scheide gerissen und dem Widersacher durch die Brust gestoßen, wäre Athene nicht vom Olymp auf die Erde geeilt, des Helden Groll mit heimlichen Worten zu beschwichtigen und ihm dreifache Beute zu versprechen, wenn er sich jetzt mäßige.

So stieß denn Achilles das Schwert in die Scheide zurück, seine Zunge aber vermochte er nicht mehr zu zügeln. »Du Trunkenbold mit der Ehre eines Hunds und dem Mut eines Hasen«, schrie der Pelide, »nie hast du in der Schlacht deinen Mann gestanden, immer nur hast du andere ins blutige Treffen geschickt, völkerfressender König, doch länger wirst du nicht mehr an mir gefrevelt haben! Höre also, Hundsfott: So wahr dies mein erzgeschäftetes Zepter nimmermehr grünen kann wie lebendiges Holz, so wahr werden Achill und sein Volk nicht mehr gegen Ilion ziehen, und wenn Hektor dein ganzes Heer wie Asseln zermalmt, werde ich ihm vom Bord meines Schiffs aus freudigen Beifall klatschen!« Mit diesen Worten erhob sich der junge König und schmetterte sein Zepter auf die Erde, und auch Agamemnon sprang auf, und das weitere Schmähen hätte gewiss nicht unblutig geendet, wäre es dem weisen Nestor nicht gelungen, den aufgepeitschten Sinn der beiden Hadernden so weit zu sänftigen, dass sie einander wenigstens einen ehrenvollen Abgang gewährten. »Er ist ja einer der besten Lanzenwerfer, das muss ich schon zugeben«, erklärte Agamemnon, »aber soll es ihm darum erlaubt sein, seinen Feldherrn derart ungezügelt zu beleidigen?« – »Meinethalben mag ihm Briseïs gehören«, murrte Achilles, »mir ist wenig an ihr gelegen, sie ist träg und stumpf, also soll er sie haben! Allein«, so fuhr der Pelide, erneut vom Zorn übermannt, fort, »er möge sich ja nicht erdreisten, außer Briseïs auch nur eine Mantelspange aus meinem Besitz anzutasten, meine Lanze würde sonst seinen Leib nicht verfehlen!«

Mit diesen Worten gingen die beiden auseinander; Agamemnon hieß seine Krieger ein Schiff für Chryseïs rüsten und reich mit Sühnegütern beladen, und Achilles gebot seinem Herzensfreund Patroklos, der ihm so lieb wie ein leiblicher Bruder war, Briseïs ins Haus Agamemnons zu führen. Dann schritt der Held hinunter ans Meer, setzte sich auf einen Felsblock inmitten der Brandung und weinte laut ob seiner Schmach, denn zu jener Zeit schämten sich die Helden ihrer Tränen ebenso wenig wie ihrer nackten Lust. Dies Jammern und Schluchzen hörte die Meergöttin Thetis, die seit ihrer Trennung von Peleus in einer Grotte aus Muscheln tief unter der salzigen Flut ihr Leben verbrachte. Sie stieg aus dem Meer, setzte sich auf den Felsblock und tätschelte sanft die im Zorn verkrampfte Hand ihres lieben Sohnes. »Weh mir unseligen Mutter«, so seufzte Thetis, »dass ich das einzige Kind, das mir geblieben, so in Tränen aufgelöst sehen muss! So kurz ist dein Leben, Söhnchen, und ach, so tränenvoll und erfüllt von Gram. Ich weiß, welch schreiendes Unrecht dir widerfahren ist; du jammerst mich sehr, und ich will zu Zeus gehn und mein Knie vor ihm beugen und ihn um Beistand bitten, obwohl ich mir durch solch heimliches Tun den Zorn der Götterkönigin Hera zuziehen werde! Zwar weilt der hohe Gebieter jetzt bei den Äthiopiern, die ihn zu einem Gastmahl geladen haben, doch nach drei Tagen kehrt er zurück, dann fahre ich zum Olymp auf und bitte ihn, deine Schmach zu rächen. Bis dahin, mein Kind, entzieh dich dem Kampf und bleib auf den Schiffen!« So sprach Thetis, dann versank sie in der gekräuselten Flut. Achilles erhob sich und sah, wie ein Schiff Agamemnons mit Chryseïs an Bord durch die Startrinne ins Wasser gezogen wurde, und da wusste er, dass der Oberbefehlshaber ihm Briseïs genommen, und er wiederholte seinen Schwur. Dann ging er zu seinen Kriegern und verbot ihnen, was immer auch geschehe, am Kampf der Griechen teilzunehmen. »Und wenn sie zertreten werden wie Schaben und Läuse, wir werden keinen Finger für sie krümmen«, so redete er, »sie haben geduldet, dass der Lumpenkönig meine Beute geraubt hat, also sollen sie dafür Buße bluten!« So sprach Achill, den die Geschichtsschreiber den herrlich strahlenden Helden nennen, dann begab er sich mit seinem Lieblingsfreund Patroklos zum Morgenmahl.

Der Streit auf dem Olymp

Drei Tage waren vergangen, die Pest war erloschen, all ihre Opfer waren verbrannt und die Vorbereitungen zum letzten Sturm auf Ilion zu Ende gediehen, da kehrte Zeus, der Göttervater, der den Blitz und den Donner in seiner Linken trägt und auf dessen rechter Schulter ein riesiger Adler horstet, vom Gastmahl bei den dunkelhäutigen Äthiopiern zum Olymp zurück und setzte sich, ehe er den Götterpalast betrat, nach einer alten Gewohnheit auf eine Felsnase des Gipfels, um gelassen und belustigt das wimmelnde Treiben der ameisenkleinen Menschlein anzuschauen. Dies wusste Thetis, und so hatte sie Zeus denn vor dieser Felsnase erwartet, und als er nun nahte, warf sie sich vor ihm zu Boden nieder, umschlang, wie Schutzflehende es zu tun pflegen, mit ihren weichen Armen seine Knie und bat, sich an ihn schmiegend, den Allmächtigen mit beschwörend-schmeichelnden Worten, ihr liebes, so früh dem Tod bestimmtes Kind zu rächen und den Griechen so lange den Sieg zu verweigern, bis Agamemnon dem beleidigten Achill Genugtuung gegeben habe. Zeus sah voll Wohlgefallen auf die schöne Bittende zu seinen Füßen; doch als sie geendet, saß er lange und schwieg, und seine Stirn war von tiefen Falten gefurcht. Eine Stunde hielt Thetis dies Schweigen aus, dann begann sie erneut zu sprechen und den Allwaltenden zu bedrängen, doch der Götterkönig verwies ihr verärgert die Rede und sagte voll Unmut: »Du weißt doch genau, Thetis, dass ich Hera versprochen habe, den Achaiern zu helfen, und nun quälst du mich, sie um deines Achills willen zu verderben! Ich habe mit Hera Zank und

Streit wahrhaftig genug, du kennst ihre Eifersucht und ihre Launen, und nun bürdest du mir noch weitere Sorgen auf! Geh drum, eh die Argwöhnische dich erspäht, ich will deine Bitte überdenken; jeder anderen Himmlischen hätte ich sie rundweg abgeschlagen; dir aber, die du immer treu zu mir gehalten hast, will ich sie vielleicht gewähren, doch hoffe ich, Schöne, dass du dich dafür erkenntlich zeigst!«

Bei diesen Worten jubelte Thetis' Herz; sie glitt wie ein Mondstrahl in das schimmernde Meer hinunter, und Zeus betrat den Götterpalast. Alle Unsterblichen erhoben sich von ihren Sitzen, ihn ehrenvoll nach Gebühr zu begrüßen; Hera aber war die Heimlichkeit der Thetis nicht entgangen, und so empfing sie ihren Gemahl mit düsterer Miene. »Was hast du wieder für Vertraulichkeiten«, zischte sie ihm beleidigt zu, »willst du mich denn nicht, wie es mir zukommt, in deine Geschäfte einweihen? Immer handelst du hinter meinem Rücken, das ist unerträglich! Oder sinnst du etwa darauf, mich mit diesem ältlichen Meerwesen, der verstoßenen Frau eines Sterblichen, zu betrügen?«

So sprach die hocherhabne göttliche Königin, die oberste aller unsterblichen Frauen, vor denen die Völker einst fromm ihre Knie beugten, allein Zeus entgegnete ihr grob, sie möge sich ja nicht in seine Angelegenheiten mischen; wenn er ihr etwas enthüllen wolle, werde er dies aus freien Stücken tun und sie als erste Vertraute vor allen anderen heranziehen; was aber seine Geheimbeschlüsse angehe, so möge, dies rate er gut, auch das Eheweib sich nicht erfrechen, sie auszukundschaften, es werde ihr sonst übel ergehen! Zeus hatte dies mit solchem Nachdruck gesprochen, dass Hera beschloss, einen Pflock zurückzustecken. »Ferne liegt es mir, in deine Pläne zu dringen«, so sprach sie, »es geht mir nur darum, dass dich diese zudringliche Alte nicht beschwatze und dir etwa das Wort abpresse, um ihres halsstarrigen Achilles wegen den Griechen zu schaden, die uns beiden doch allzeit die köstlichsten und reichsten Opfer bringen!«.

»Durch solche Worte, Weib, entfernst du dich von meinem Herzen«, erwiderte der Götterkönig ungeduldig, »ich bin dir in dieser Sache keine Rechenschaft schuldig, und selbst wenn ich den Griechen zu schaden beschlossen hätte – und ich sage dir gradheraus, ich habe es getan –, so ist es noch immer mein königlicher Beschluss und Wille, und du hast ihn schweigend hinzunehmen! Du sollst mich, Aufsässige, nicht lange mehr so wohlmeinend finden!«

Hera bebte bei diesen Worten vor Zorn, denn sie hörte ihre Befürchtung bestätigt, allein sie wagte nichts zu erwidern, und auch die anderen Himmlischen schwiegen betreten ob ihres Königs Groll. Dies Schweigen wiederum brachte Zeus nur noch mehr auf; er nahm es als heimlichen Widerstand und unausgesprochenes Paktieren mit Hera, und er hätte seinen Blitz unter die Unsterblichen geschleudert, wäre nicht Hephaistos, der Gott des Feuers und der Schmiedekunst, gewitzt genug gewesen, sich in gespielter Beflissenheit an seine Mutter Hera zu wenden. »Vergiss nicht, geliebte Mutter«, so sprach er mahnend, »dass du deinem erhabnen Gemahl und Gebieter unbedingten Gehorsam schuldest; beeile dich also, ihn mit schmeichelnden Worten wieder zu versöhnen, denn nichts ist so schrecklich als unsres Königs lohender Zorn. Hat doch«, so setzte der Feuergott fort, »hat doch der Allgewaltige selbst mich, seinen eigenen Sohn, als ich ihm einmal starrsinnig zu widersprechen gewagt habe, an der Ferse gepackt und über seinem Kopf gewirbelt und mit solchem Ungestüm in die Lüfte geschleudert, dass ich den ganzen Tag wie ein Komet den Himmel durchflogen habe und erst mit der sinkenden Sonne auf die Insel Lemnos niedergepurzelt bin, bei welchem Sturz ich mir so elend die Hüfte verrenkt und die Beine zerschmettert habe, dass ich, trotz Apollons Heilkunst, noch heute drum lahme! Nimm also, geliebte Mutter, diesen Becher voll Nektar und leere ihn auf das Wohl unseres Herrschers, und auch ihr anderen Himmlischen, trinkt ihm zu!«

So sprach Hephaistos, und er stellte die Krücken, deren er sich sonst beim Gehen bediente, zur Seite und humpelte mühsam auf seinen schwachen, halblahmen Beinen von Stuhl zu Stuhl und schenkte den duftenden, Unsterblichkeit verleihenden Nektar in goldne Pokale, und als die Götter das erbärmliche Entengehumpel des krückenlosen Krüppels sahen, lachten sie unbändig und schlugen sich brüllend vor Lachen auf die feisten Schenkel und freuten sich ihrer graden, gesunden Glieder, und Zeus und Hera, die Eltern, lachten lauthals mit über den watschelnden Hinkefuß, der da den

Einfaltspinsel spielte und doch der klügste und anständigste in dieser verrotteten Runde war. »Das ist mein Werk!«, rief Zeus, der wie ein Wolf prustend bellte; er rang nach Luft und zeigte mit dem Finger nach dem Lahmen und keuchte vor Lachen: »Das ist mein Werk«, schrie er über den Tisch hin, »so habe ich ihn gepackt und so über meinem Kopf gewirbelt und so in die Lüfte geschleudert, dass er wie ein Komet einen ganzen Tag durch den Himmel geflogen und erst mit der sinkenden Sonne auf die Insel Lemnos niedergepurzelt ist!« Der Göttervater wirbelte, da er dies sprach, einen goldenen Pokal über seinem Haupt und wies mit dem Finger auf seinen Sohn und lachte, und die Götter tranken ihm zu, und Hera huldigte ihm, und der Gekränkte war wieder versöhnt. Die Himmlischen schmausten bis zur sinkenden Sonne, und Apollon verschönte ihr Mahl mit Leierspiel und wohllautenden Liedern, in denen er die Heldentaten der Unsterblichen pries. Er rühmte, wie sie die Menschen verwirrt und verführt und betrogen und widereinander gehetzt; er feierte Heras Macht und Athenes listigen Sinn und des Ares unbändige Stärke, am eindringlichsten aber besang er die Allgewalt des Götterkönigs, der alle seine Feinde in den finsteren Tartaros, den Kerker noch tief unter der Unterwelt, geworfen, und Zeus hörte dem Sänger wohlgefällig zu und nickte manchmal zustimmend mit dem Haupt. Als die Sonne dann in der Meerflut versunken war, brach jeder der Götter, Zeus und Hera voran, nach ihren rings auf den Höhen des Olymps gelegenen Wohnstätten auf, nur Hephaistos hinkte müde und erschöpft in seine kunstvoll aus Gold und Silber geschmiedete Burg im Innern der Erde, denn er, der Beherrscher des Feuers, wohnt in den brodelnden glühenden Tiefen, und die rauchenden Vulkane sind Essen seines Göttersitzes.

Der Kampf zwischen Paris und Menelaos

Am nächsten Morgen ordneten sich die Griechen zum Sturm, und auch die Trojaner traten mit all den Hilfstruppen, die im Lauf der Jahre aus ganz Kleinasien zu ihnen gestoßen und deren wichtigste die Dardaner, Thrakier, Paphlagonier, Phryger, Karer und Lykier waren, vor den Mauern Ilions zur Entscheidungsschlacht an. Agamemnon und Hektor hatten die Krieger vor dem Ausrücken noch zum leidenschaftlichen Kampf angefeuert, doch nun, da sich die Heere, zwei lebendige helmbuschüberflatterte Blöcke aus Erz und Grimm, einander gegenüberstanden und der Ströme von Blut und Berge von Leid gedachten, die der unselige Krieg sie schon gekostet, wurden sie wieder verzagt und müde, und alle hätten am liebsten die Waffen hingelegt und wären auseinandergegangen, die einen zu den Schiffen, die anderen in ihre friedlichen Städte. Diese Stimmung fühlte Hektor, einer der fünfzig Söhne des Königs Priamos und Anführer des trojanischen Heeres, sehr gut. Er trat deshalb vor die Front, hielt den Speer mit beiden Händen hoch über das Haupt als Zeichen, dass er zu reden begehre, und schritt auf die Reihen der Griechen zu. Die griffen nach ihren Lanzen, und die Bogenschützen im letzten Glied spannten ihre Sehnen und zielten auf die Brust des gefürchtetsten und tapfersten Feindes, aber Agamemnon rief laut: »Haltet ein, Achaier, seht ihr denn nicht, dass Hektor uns eine Botschaft übermitteln will?«

So senkten denn die Griechen ihre Waffen, und Hektor trat vor sie, die einen Halbkreis um ihn bildeten, hin und schlug vor, dass ein Zweikampf zwischen Paris und Menelaos den Krieg entscheiden solle; um Helena, so redete der Prinz, sei der Streit einst entbrannt, und mit dem Waffengang ihrer beiden Gatten möge er darum endlich beschlossen sein. Wer Sieger bleibe, dem solle Helena samt all ihren Schätzen endgültig gehören; die versöhnten Völker aber würden einander die Hände zum Bund reichen und einen ewigen Frieden schwören.

Diese Rede wurde von beiden Parteien mit Jubel aufgenommen, nur Paris, der Hektor selbst diesen Vorschlag gemacht hatte, erschrak, da er sich nun zum Kampf stellen sollte, und versteckte sich hinter einem Feigenbaum. Menelaos bedachte den Vorschlag Hektors lange, dann trat er vor die Reihen und tat sein Einverständnis kund, falls König Priamos bereit sei, den Vertrag gemeinsam mit Agamemnon zu beschwören und die Götter zu Zeugen des Paktes anzurufen. Dies wurde zugestanden; man sandte eilends nach dem greisen Priamos, der von den Zinnen der Burgmauer herab die Heere musterte, und Hektor suchte indes seinen Bruder Paris. Endlich fand er ihn hinter dem Feigenbaum. »O Paris, du Held von Gestalt, doch voll Feigheit im Herzen«, redete er den Jüngeren an, »was verbirgst du dich hier, anstatt dich zum Zweikampf zu rüsten! Ich wünschte, du hättest nie das Licht der Welt erblickt oder wärest gestorben, bevor du ein Weib berührt! Sollen die Achaier noch ihren Enkeln berichten, wie der trojanische Königssohn dem Kampf entlaufen ist und sich wie ein läppisches Kind hinter einem Baumstamm versteckt hat? Ja, mit deinem schönen Leib vor den gaffenden Weibern prahlen, das kannst du trefflich, und auch des Menelaos Ehefrau zu blenden und übers Meer zu entführen ist dir gelungen, nun aber, da du das Schwert um ihren Besitz schwingen sollst, versagst du wie ein kläglicher Tropf! Doch die Troer werden sich nicht alles von dir bieten lassen; wenn ihnen einmal die Geduld reißt, wirst du schmählich im Hagel ihrer Steinwürfe verbluten!«

So schmähte Hektor, und Paris seufzte tief und sprach: »Ach Hektor, tapferer, stolzer Bruder, du Genius der Feldschlacht, vergiss nicht, dass auch die Schönheit eine Gabe der Götter ist! Dem einen haben sie einen kräftigen Arm, dem anderen ein mutiges Herz und mir nun einmal eine berückende Gestalt verliehen. Aber ich will mich bezwingen und gegen Menelaos antreten: Möge in diesem unseligen Krieg zum letzten Mal nun Blut vergossen sein!«

So sprach Paris, und Hektor umarmte ihn ob dieser Worte, dann legte er dem Bruder, der als leichtbewaffneter Bogenschütze ins Feld gekommen war, die eigene Rüstung an. Er band ihm die Beinschienen um und schnallte den silbernen Knöchelschutz darunter, deckte Brust und Unterleib mit dem zweiteiligen eisenbeschlagenen Lederharnisch, schirmte das Haupt mit dem rossschweifgeschmückten Goldhelm, hängte dem Bruder sodann das scharfe Schwert mit dem silbernen Buckelgriff um die Schulter, wappnete ihn mit einem mächtigen Turmschild und drückte ihm schließlich die gewaltige Eschenschaftlanze in die Hand. Dann schritten die beiden zu den Heeren zurück, wo Priamos und Agamemnon sich bereits mit den Opfergaben, je einem untadeligen weißen Lamm und einem Schlauch Wein, eingefunden hatten. Herolde mischten den Wein in einem bauchigen Krug, besprengten die Hände der Könige mit klarem Wasser und reichten ihnen die Lämmer hin. Beide ergriffen ein Opfertier, schnitten ihnen das Schädelhaar ab und verteilten, zum Zeichen, dass beide Parteien gemeinsam das Opfer darböten, es gleichermaßen unter den griechischen wie trojanischen Heerführern, dann legten die Könige die gebundenen Tiere auf einen flachen Feldstein und flehten mit erhobenen Händen den Götterkönig Zeus, den Sonnengott Helios, der bei seiner täglichen Fahrt über den Himmel alles irdische Treiben schaut, und schließlich die Erde selbst mit all ihren ziehenden Strömen und rollenden Meeren an, Zeugen des Paktes zu sein, den die Völker der Griechen und Troer jetzt zu schließen gedächten: Paris und Menelaos würden im Zweikampf den Streit um Helena entscheiden; wer Sieger bleibe, solle die Schöne samt ihren Schätzen endgültig und unangefochten besitzen; die Heere aber würden, wie immer der Zweikampf auch ende, versöhnt und in Frieden voneinander scheiden und jedes nach seiner Heimat ziehen.

So schworen die Könige, und die Völker hörten ihren Eid mit Freude, manche der Götter aber, vor allem Hera und Athene, voll Grimm. Agamemnon zerschnitt dem Lamm die Kehle, so dass es zappelnd sein Leben verhauchte, dann schöpfte er mit einem goldenen Becher Wein aus dem Mischkrug und goss ihn über dem Opfer aus, und König Priamos handelte ebenso. »So wie dieser Wein hier die Erde netzt, so soll dessen Blut und Gehirn den Boden feuchten, der wider den Eidschwur handelt und den feierlich geschlossenen Pakt verletzt!«, sprach Priamos, und Agamemnon entgegnete: »Zeus ist unser Zeuge, so soll es geschehen!«

Die geschlachteten Lämmer wurden nun, wie es Brauch war, vergraben; die Befehlshaber reichten einander die Hände, und Griechen wie Troer, schon friedlich vereint, schlossen einen weiten Kreis um die beiden

Gewappneten. Hektor und Odysseus, zu Kampfrichtern gewählt, steckten indes die Arena mit Fähnchen ab, dann warfen sie zwei Lose, einen weißen Stein für Paris und einen schwarzen für Menelaos, in einen Helm, dass das Glück entscheide, wer als erster die Lanze schleudern dürfe. Hektor schüttelte mit abgewandtem Kopf den Helm, und der weiße Stein sprang heraus. »So möge denn der Kampf beginnen!«, riefen Odysseus und Hektor, doch als der greise Priamos seinen Sohn gegen den streitbaren griechischen Recken antreten sah, schlug er klagend die Hände vor die Augen und ließ sich in die Burg zurückfahren, um dort für den Sieg seines lieben Kindes zu beten.

Die beiden Helden wandelten zunächst voreinander auf und ab und schüttelten drohend Schild und Speer, den Gegner einzuschüchtern, und warfen, dieweil sie scharf nach einer Blöße spähten, einander schmähende und höhnende Worte zu. Schließlich glaubte Paris eine ungeschützte Stelle an Menelaos' Hals entdeckt zu haben; er riss die Lanze hoch, nahm einen kurzen, schnellen Anlauf und schleuderte sie mit voller Kraft wider den Griechen, der die Waffe aber mit dem Buckelschild abfing und nun seinen Speer entsandte, und dieses Geschoss durchdrang Schild, Harnisch und Rock des Troerprinzen, der nur durch eine jähe Drehung des Leibs verhindern konnte, dass ihm das scharfe Erz die Weiche zerschnitt. Paris blieb kaum Zeit, die Lanze aus der Rüstung zu reißen, da war Menelaos schon über ihm und hieb mit dem Schwert zu, doch die Klinge zerklirrte am Rossschweifbügel des Helms, und ihre Stücke fielen in den Staub. »Grausamer Zeus!«, rief Menelaos, »willst du mich um den Sieg betrügen? Aber ich werde den Frechling auch waffenlos bändigen!« So rief er und packte den vom mächtigen Schwerthieb Betäubten am Helm und schleifte ihn über den steinigen Boden zum jubelnden Achaierheer hinüber, und der stierlederne Helmriemen hätte den Schönen erwürgt, wäre nicht Aphrodite vom Himmel geeilt, den atemabschnürenden Strang mit unsichtbarem Dolch zu zerschneiden. Menelaos hielt plötzlich den leeren Helm in der Hand und schleuderte ihn wutentbrannt zur Seite, dann stürzte er sich auf den Gegner, ihn mit blanken Händen zu erdrosseln, doch Aphrodite hüllte ihren Schützling in eine Nebelwolke und entführte ihn durch die Lüfte in sein Schlafgemach auf Ilions Burg. Brüllend und höhnend eilte Menelaos durch die troischen Reihen, den Entschwundenen zu erspähen und ihm den Garaus zu machen; Aphrodite aber trat zu Helena, die in einem Turmgemach saß, um, von Grauen und Lust zugleich durchbebt, den Ausgang des Zweikampfes abzuwarten. Die schöne Untreue war gänzlich unentschieden, wem sie den Sieg wünschen solle: Sie liebte Paris noch immer und liebte zugleich Menelaos aufs Neue; sie fürchtete den Sieg und die Rache des Mannes, den sie so schmählich betrogen, und konnte doch kein Auge von seiner Heldengestalt lassen; sie fühlte sich schuldig an all dem verströmten Blut und war mit der Reue darüber zugleich von einem Gefühl heimlichsten Stolzes erfüllt, dass all die grausamen Schlachten um ihrer Schönheit willen geschlagen worden waren, und der Widerstreit all dieser Gefühle und Gedanken hatte die Fürstin derart aufgewühlt, dass sie den Kampfabbruch gar nicht gewahrte und auch nicht hörte, wie Aphrodite – in der Gestalt einer alten Schaffnerin – ihr Gemach betrat. Die Göttin zupfte die fast Ohnmächtige, die nun erschreckt auffuhr, am Gewand und sagte: »Mein Töchterlein, Held Paris ist vom Schlachtfeld zurückgekehrt und ruht nun auf seinem Lager; geh doch und sorge dich um ihn, mein Liebes!«

Helena sah erstaunt auf die Amme, doch als sie in deren zerfurchtem Gesicht die anmutstrahlenden Mandelaugen und die granatapfelfarbnen Lippen und die schimmernde Haut der Wangen und des Kinns erblickte, erkannte sie die verwandelte Göttin, und sie sank schluchzend vor ihr auf die Knie. »Grausame«, so sprach sie, »warum, ach, willst du mich wieder zwingen, weiterhin Vollstreckerin deiner Pläne zu sein! Ich ahne, auch dieser Tag bringt kein Ende des Krieges! Gram genug lastet auf meiner Seele; sollen mich abermals die Völker verfluchen und männerverderbende Buhlerin nennen? Ich habe doch gesehen, wie Menelaos im Vorteil gewesen und Paris, vom Schwertschlag betäubt, zu Boden gesunken ist; sicher hat mein einstiger Gemahl indes den Sieg erfochten, warum wehrst du ihm da, Unversöhnliche, die Beute, die er sich zu Recht erkämpft hat! Wenn du Paris so zugetan bist, so entsage doch dem Olymp und bleibe für immer bei ihm; mich aber, ich flehe dich an, mich lasse zu

Menelaos eilen und mit ihm nach Sparta segeln, und sollte es mir bestimmt sein, von ihm getötet zu werden, so will ich auch dieses Schicksal dulden, wenn nur dies grässliche Schlachten einmal ein Ende hat!«

So flehte Helena und berührte den Gewandsaum der Göttin; die himmelentstammte Aphrodite aber sprach voll Unmut: »Törichte, reize mich nicht, auf dass mein Zorn dich nicht doch einmal treffe! Wehe, wenn meine Liebe zu dir in Missgunst umschlagen sollte; ich hetzte dann Troer wie Griechen dermaßen auf, dass sie zuerst dich und sodann einander selbst bis zum letzten Blutstropfen zerfleischen!«

So sprach die Göttin und entzog sich menschlichen Blicken; Helena aber wandte sich trauernd ab und ging mit gesenktem Haupt nach des Paris Ruhegemach. Sie fand den Gemahl auf dem Lager ausgestreckt und wollte ihn schelten, dass er, der Feigste der Feigen, nicht im Kampf seinen Mann gestanden und schändliche Flucht dem Feldtod vorgezogen habe, allein die zyprische Göttin rührte mit ihrem unwiderstehlichen Zauber Helenas Herz an, und Helena vergaß den Krieg und vergaß die Völker und vergaß den Zweikampf und vergaß Menelaos und sah nur den schönen Paris, der ihr auf dem Lager verlangend seine Arme entgegenstreckte, und Helena, von Aphrodite betört, vergaß die Welt und sich selbst in Paris' Armen. Menelaos aber durchstürmte, einem Panther gleich, noch immer brüllend das Heer der Troer und forderte den ehrlosen Gegner auf, sich endlich zu stellen, und schließlich gebot Agamemnon Schweigen und tat diesen Spruch: »Völker Trojas und Hellas'«, so redete er, »ihr habt den Kampf gesehen und auch seinen Ausgang: Offenbar hat Menelaos gesiegt, denn sein Herausforderer ist schändlich geflohen und hält sich verborgen, gebt also Helena samt dem geraubten Schatz und einer gebührenden Buße heraus, auf dass wir in Frieden scheiden und nach unsern Heimatstädten zurücksegeln!« So redete Agamemnon, der Oberbefehlshaber der Griechen, und seine Krieger riefen ihm laut ihre Zustimmung zu, und auch die Trojaner konnten nichts dagegen sagen, denn der Ausgang des Zweikampfes war nicht wegzuleugnen!

Die Pallas stiftet Pandaros zum Vertragsbruch an

Auf dem Olymp aber saßen indes die Götter und zechten Nektar aus goldenen Bechern und sahen hinab auf die Walstatt vor Ilion, die nun von den Troern, die sich zur Beratung in die Burg zurückgezogen hatten, geräumt worden war; und während Aphrodite mit heller Stimme frohlockte, Paris gerettet zu haben, verfluchten Athene und Hera die friedliche Einigung. »Nun denn, Unsterbliche«, hob Zeus zu reden an, »ihr habt das Gelöbnis gehört und den Kampf und seinen Ausgang gesehen; an uns wird es jetzt liegen, ob wir in die Verständigung der Völker einwilligen oder die Heere weiter anpeitschen. Was mich betrifft, so sage ich offen, dass mich eine Laune ankommt, die Troja mich dauern lässt: Es birgt ein frommes Volk in seinen Mauern, das uns in blindem Gehorsam und Glauben allezeit geehrt und vor allem mir und meinem Ehweib stets reichlich Opfer gespendet hat. Ich sähe es darum gern noch ein Weilchen erhalten; möge also Menelaos mit seiner Helena nach Sparta segeln und Troja sich endlich des Friedens freuen!«

So redete Zeus, und Athene hörte es voll Abscheu, doch sie wagte nicht, wider die Worte des Vaters aufzubegehren; Hera aber konnte ihren Zorn nicht länger mehr bändigen und rief empört: »Was für ein schreckliches Wort, Zeus, hast du da eben ausgesprochen! Soll denn all meine Arbeit zunichte sein? Wie viel List, wie viel Fleiß, wie viel Kraft und Kunst haben Athene und ich in den letzten neun Jahren verwendet, um die Griechen immer wieder gegen das lästerliche Ilion aufzustacheln, und nun soll diese unsre Mühe für nichts vergeudet sein? Daran will ich nicht einmal denken! Gewiss, dir steht es zu, die letzte Entscheidung zu fällen, doch glaube ja nicht, Gebieter, dass dein Rat von den anderen Göttern als gerecht angesehen wird und dass du dich ewig so über uns hinwegsetzen kannst!«

»Ach, du Herzlose!«, erwiderte Zeus, »wie ist dein Sinn doch verstockt und fühllos wie Erz! Wenn es nach dir ginge, würdest du mit eigener Hand alle Troer erwürgen und sie hinunterschlingen, unbarmherziges Weib! Doch meinetwegen soll es nach deinem störrischen Sinne geschehen, aber das eine sage ich dir: Wenn ich einmal einer Stadt zürne, die dir so am Herzen liegt wie mir Troja, dann versuche mir ja nicht in den Arm zu fallen, sondern bedenke dann, wie ich um deines Grimms willen Ilion preisgegeben habe!«

Da jubelte Hera triumphierend auf und sprach: »Meine Herzensstädte sind Sparta, Argos und Mykene, doch sollte dich, aus welchem Grunde auch immer, einmal das Gelüst ankommen, sie zu verheeren, so werde ich dir nicht einmal mit einem Wort zu widerstehen versuchen, denn viel zu nichtig ist dies Menschengezücht, als dass wir uns darüber erregen sollten! Doch vorwärts jetzt, Töchterchen Pallas, spute dich, eile zur Erde, Liebes, und stifte irgendeinen Troer an, den beschworenen Pakt zu brechen; ich fürchte, der redliche Hektor könnte Helena schließlich doch herausgeben, dann würde die Achaier nichts mehr zurückhalten, und wir wären in der letzten Minute noch um unsere Rache geprellt!«

Athene hatte nur auf dieses Wort gewartet; sie stürzte zur Erde und flog wie ein Komet in schrecklichem Feuer glühend über die Heere hin, und auch Ares fuhr, ein schwarzes Gewölk, vom Himmel und kreischte vor Lust, den Frieden bald wieder vernichtet zu sehen. Troer und Griechen erschauerten, als Geheul und ungeschlachtes Feuer die Lüfte durchstürmte, und Thersites aus Kreta, ein verständiger Mann, der in seinem Leben nichts als Fron und Leid und Kriegsnot erfahren und dessen Züge der Griffel der bitteren Jahre mit tiefen Kerben gezeichnet hatte, schlug vor, man möge auch dann in die Heimat zurückziehen, wenn die Troer Helena nicht herausgeben wollten, denn unsinnig sei das Sterben so vieler Erdgeborener um eines Weibes willen. Der Große Ajax hieb Thersites für diese Worte mit dem Feldherrnstab über Schädel und Schulter, doch er erntete ob dieser rohen Tat nicht den Beifall des Volkes. Inzwischen war Athene in Gestalt eines troischen Kriegers auf Ilions Zinnen angekommen und hatte sich Pandaros, dem König der Lykier, eines mit Troja verbündeten Steppenvolkes, genaht. »Was meinst du, hochedler und weiser Pandaros«, so redete die verwandelte Göttin den Fürsten an, »wie sehr müssten dir wohl

Held Paris und alle tapferen Troer zu Dank verbunden sein, sähen sie den wilden Menelaos sich jetzt in seinem Blute wälzen! Schau doch, dort drüben steht er, barhaupt, den Helm in der Hand, und wendet dir die offne Stirn zu! Flugs drum den Pfeil aus dem Köcher gezogen und den Bogen gespannt, unfehlbarer Schütze; du wirst dein Ziel nicht verfehlen, und ewiger Ruhm wird dir sicher sein!«

Pandaros, ein ebenso mordlustiger wie einfältiger Mann, fühlte sich von diesen Worten geschmeichelt; er zog einen Pfeil aus dem Köcher, spannte den Bogen und schnellte das Geschoss nach Menelaos' Stirn. Der Pfeil hätte den Arglosen auch in die Schläfe getroffen; Athene aber flog unsichtbar neben dem schwirrenden gefiederten Tod her, und so, wie die Mutter eine lästige Fliege vom Antlitz des schlafenden Säuglings wegscheucht, wedelte sie das Geschoss ein wenig tiefer und lenkte es derart genau zur goldenen Spange des Leibrocks, dass die erzene Spitze zwar durch das Schnallengelenk des Gürtels und den unteren Saum des Brustharnischs fuhr, jedoch nur die äußere Hautschicht zertrennte, ohne dass der Widerhaken ins Fleisch drang. Menelaos schrie auf; er spürte quellendes Blut die Schenkel hinabrinnen und fühlte einen stechenden Schmerz, doch mehr als das verletzte Fleisch grimmte ihn die Empörung über den schnöden Eidbruch und die feige Hinterlist des Schützen. Noch während der Arzt Machaon, der Sohn des weithin berühmten Heilkundigen Äskulap, die Wunde aussog, mit Salbe kühlte und mit Leinen verband, rief Menelaos seinen Kriegern zu, sich zum Angriff zu rüsten, und Agamemnon gelobte dem Bruder, nunmehr so lange zu kämpfen, bis das treubrüchige Ilion in den Staub gesunken sei. »Die Wunde spüre ich schon nicht mehr, Bruder!«, rief Menelaos, »und siehe, auch meine Kampfreihen ordnen sich schon; eile du zu den Königen im Feld und sporne sie an, ihre Scharen zu sammeln, dass wir uns blutig an den wortbrüchigen Schurken rächen!«

Das tat Agamemnon, denn so wollte es die Pflicht des Oberbefehlshabers; er hetzte mit seinem Kampfwagen durch die Reihen der sich rasch ordnenden Achaier, pries hier den Mut und schalt dort die Verzagtheit, lobte den Eifer dieses und tadelte die Saumseligkeit jenes Kriegers, und Athene schritt unsichtbar neben ihm her und senkte Hass und Grimm in die Seele der Griechen, und siehe, da stieß die Riesenfaust des Ares auch schon Ilions Tor auf, und das trojanische Heer, das nach dem unseligen Schuss des Pandaros wusste, dass es auf keine Schonung mehr rechnen konnte, brauste, Kampfrufe in vielen Zungen Asiens ausstoßend, in die Ebene hinaus. Wie zwei rollende Fluten, so rasten, von Ares und Athene angetrieben, die Wogen aufeinander und prallten mit solchem Getöse zusammen, dass die Vögel tot aus den Lüften stürzten; Wagen krachte an Wagen, Schild an Schild und Panzer an Panzer; Schwert hieb auf Schwert und Streitaxt auf Streitaxt, und stundenlang war die erbitterte Schlacht in einer einzigen Linie erstarrt. Die Heere standen ineinandergekeilt und rangen, wenn die Schwerter zerspellt waren, mit den bloßen Händen, und über den Sinkenden schlossen sich sofort wieder die ehernen Reihen, so dass die gefällten, im Staub verblutenden Krieger nur Erz sahen, das über ihren Häuptern tobte und so dicht ineinander verschränkt war, dass die brechenden Augen kein Stückchen des Firmaments mehr erblickten und Hadesnacht sie schon auf Erden deckte.

Diomedes verwundet zwei Himmlische

Als Athene sah, dass die Schlacht stockte und die Griechen keinen Fußbreit Boden gewannen, eilte sie zu Diomedes, dem König von Argos, und verlieh ihm göttergleiche Kraft. Ihre Wahl war auf diesen jungen Fürsten gefallen, weil er sich als wagemutigster und leidenschaftlichster aller griechischen Krieger erwiesen hatte, als Mann, der, wie nur noch Achill, zum grauenvollen Schlachthandwerk geboren schien. Die Göttin übergoss Helm und Schild ihres Erwählten mit gleißendem, kaltem Feuer, ähnlich dem, das in mancher Herbstnacht vom Sirius strahlt; die Troer vor ihm wurden dadurch geblendet und wichen zurück, und Diomed stieß mit seinem Wagen in die Lücke und zerhieb jeden, der ihm entgegentrat. So war die Front der Troer aufgerissen; der Strahlende drang mit grimmigen Lanzenstichen und Schwerthieben unaufhaltsam vorwärts; Agamemnon mit seinen Mykenern und Idomeneus mit seinen Kretern dehnten die Bresche in der feindlichen Kampflinie weiter aus, und als Athene feststellen konnte, dass das Blatt sich zugunsten der Griechen gewendet hatte, fasste sie Ares, der die Troer durch wildes Lärmen zum Kampf trieb, jedoch unfähig war, ein Schlachtfeld zu überblicken, am Arm, zog ihn aus dem Getümmel und sprach: »Bruder, bluttriefender Männervernichter, lass uns den Kampf doch lieber meiden, auf dass wir nicht etwa Zeus erzürnen! Die Kräfte sind gleich, keine Partei ist im Vorteil, da mag es der Vater nicht dulden, wenn sich ein andrer außer ihm einmischt. Wollen wir es ihm doch überlassen, wem er den Sieg zu verleihen gedenkt!«

Ares folgte dem Rat der Schwester, und so setzten sich die beiden, Schemen aus flirrender Luft, ans Hügelufer des Skamandros; die Griechen aber nützten den gewonnenen Vorteil und drängten auf der ganzen Linie die Troer gegen die Stadtmauer zurück. Agamemnon warf dem fliehenden König der Halizonen, Hodios, den Speer in den Rücken; Idomeneus durchstieß Fürst Phaistos aus Sardes die Schulter; Menelaos streckte den Skamandrios, einen der berühmtesten Weidmänner Ilions, nieder, und Meriones zerstach dem Phereklos, der Paris einst die helenaentführende Flotte gebaut hatte, Becken und Blase, so dass der Zimmermannskundige heulend in den Staub fiel. Krieger um Krieger sank ins purpurschwarze Nichts, mit zerspelltem Schädel dieser und jener mit abgehauenem Arm und ein dritter mit gespaltetem Nacken, und am wildesten wütete der feuerüberschüttete Diomedes, bis schließlich auch ihn ein Pfeil, von Pandaros' Bogen geschnellt, in die Schulter traf. Der Schwertarm des Verwundeten erschlaffte; sein Wagenlenker Sthenelos zog mit beiden Händen das widerhakige Geschoss aus dem Fleisch, und das Blut sprudelte nun so heftig durch die Panzerringe, dass Diomed den Kampfplatz hätte verlassen müssen, wäre nicht Athene zu ihm geeilt, seine Wunde zu versiegeln und ihrem Erkorenen neue Kraft zu verleihn. »Stürze dich getrost wieder ins Getümmel, herrlicher Held«, so redete die Eulenäugige, »doch sei auf der Hut, dich mit einem Unsterblichen zu messen, denn manche der Unsern weilen heute hier unter euch!« Diomed fragte bestürzt, wie er die hohen

Himmlischen, die ja auf Erden nur in der Gestalt von Irdischen erscheinen, denn erkennen solle, und Athene strich ihm mit dem Zeigefinger sacht über das Augenlid und sprach: »Nun wirst du jeden der Unsern an dem lodernden Feuer, das seine Stirne umwogt, erkennen und kannst ihm, wie es dir Sterblichem gebührt, mit gebeugtem Haupt aus dem Weg gehn, nur Aphrodite magst du, wenn sie sich dir zeigt, mit dem spitzen Erz verwunden, dieser eitlen Dirne gebührt ein tüchtiger Denkzettel!«

So sprach Athene und hauchte ihren Schützling mit göttlichem Atem an, und Diomeds Herz begann aufs Neue in Rachedurst und Kampfgier zu erglühen. Wie ein Berglöwe in eine Lämmerherde einbricht, so stürzte er sich nun wieder über die Troer; er tötete den Helden Astynoos und darauf den König Hypeinor, stieß den Abas und den Polyidos nieder und beraubte beide, die noch in der Nacht zuvor von ihrem Sieg geträumt hatten, ihrer Rüstung, dann hieb er den Xanthos und gleich darauf den Thaon zusammen und warf schließlich mit einem einzigen Lanzenstoß die Priamossöhne Chromios und Echemin von ihrem gemeinsamen Streitwagen und erbeutete beider Rüstung und Wagen und Pferde obendrein.

Dieses Gemetzel blieb Aeneas, einem der obersten Feldherrn Trojas, der ein Sohn der Aphrodite war und das Volk der Dardaner regierte, nicht verborgen. Er eilte zu Pandaros, der, nach Kampfart der Bogenschützen, von Deckungen im Gelände aus seine Geschosse versandte, und befahl ihm, den rasenden Diomed niederzustrecken. »Ich habe ihn schon einmal in die Schulter getroffen, Feldherr, und die Wunde müsste ihn kampfunfähig gemacht haben«, erwiderte Pandaros, »gewiss hat ihm einer der Unsterblichen Beistand geleistet, ja vielleicht kämpft gar ein Gott in des Griechen Gestalt! Doch wie sich das auch immer verhalten mag – sieh nur, wie weit der Feuerumflammte schon entfernt ist! Ich bin ja, allein meinem Bogen vertrauend, ohne Kampfwagen ins Feld gezogen, und nun reicht mein Geschoss nicht mehr zu dem Stürmenden hin!«

»So steige bei mir auf!«, rief Aeneas, und Pandaros schwang sich auf das Trittbrett; Aeneas peitschte die Rosse mit scharfer Geißel, und der Wagen schoss über das steinige Schlachtfeld Diomed zu. Als Sthenelos das Gefährt erblickte, erbleichte er und wollte die Pferde zur Flucht wenden, denn er fürchtete Aeneas als einen Sohn Aphrodites und Enkel des Zeus; Diomed aber zwang seinen Rosselenker, den Troern entgegenzujagen. »Mit dem ersten Pfeil habe ich dich nicht bezwungen, Diomed, Sohn des Tydeus«, rief Pandaros, »nun magst du die Kraft meines zweiten Geschosses spüren!« Er spannte den Bogen und ließ einen Pfeil wider den Gegner schwirren, und das bronzene Blatt durchschnitt auch den oberen Schildrand des Griechen und prallte gegen dessen Panzer; Pandaros jubelte laut und wähnte den Widersacher überwunden, allein nun entsandte Diomed seine Lanze, und die traf den eidbrüchigen Fürsten zwischen Mund und Nase, zerstieß ihm Gaumen, Zähne und Zunge und trat oberhalb des Halses wieder hervor. Rasselnd stürzte Pandaros zu Boden; Diomed und Sthenelos sprangen in voller Fahrt ab, die Rüstung des Getöteten zu rauben; Aeneas aber, der ebenfalls abgesprungen war, umkreiste schildbewehrt den Leichnam des Gefährten und schüttelte drohend seine Lanze, doch ehe er zum Wurf ausholen konnte, hatte der Grieche schon einen kopfgroßen Felsblock ergriffen und zerschmetterte dem Dardanerkönig damit das Hüftgelenk.

Aeneas stürzte in die Knie; vor seinen Augen wurde es finster, und Diomed hätte des Hilflosen Seele nun mit einem Schwertstreich ins Schattenland hinuntergesandt, wenn nicht Aphrodite, die noch nicht in den Olymp zurückgekehrt war, ihren Sohn mit Lilienarmen umschlungen und in ihr schirmendes Silbergewand gehüllt hätte, um ihn sicher aus dem Kampf zu tragen. »So billig wirst du mir nicht entrinnen, Aeneas!«, rief Diomed und jagte, selbst die Zügel führend, der Göttin nach und verwundete ihr zartes Handgelenk mit seiner Lanze, so dass, ein quellklarer Strahl, ihr unsterbliches Blut zur Erde rann. Die Göttin schrie auf und ließ ihren Sohn fallen; sie stand völlig verwirrt in der malmenden Schlacht und fühlte den heftigen, noch nie erfahrenen Schmerz der Wunde und sah ratlos das wütende Erz um sich blitzen und dachte nicht mehr an ihren Sohn, den nun Apollon mit einer undurchdringlichen Wolke deckte. »Weiche zurück aus dem Kampf, vermessene Tochter des Zeus«, rief Diomed der jammernden Göttin zu, »weiche zurück und wage nicht mehr, dich ins Werk der Männer zu mischen, sonst wird mein Schwert dich so verstümmeln, dass du in aller Zukunft schauderst, wenn du das Wort ›Krieg‹ auch nur von ferne hörst!« So rief Diomed, der erste des Menschengeschlechts, der einen der Unsterblichen verwundet hatte; Aphrodite aber, durch diese Worte aus ihrer Betäubung gerissen, floh schluchzend durch die pfeildurchsirrten Lüfte zum Himmel, und als sie die olympischen Gefilde betrat, schloss sich die harmlose kleine Wunde von selbst, und der Schmerz verflog. Hera aber hatte Aphrodites Abenteuer voll hämischer Freude mit angesehen und verhöhnte die Schöne jetzt mit grausamem Spott. »Hast du Weibische etwa dein Händchen an einer goldenen Spange geritzt, als du Helena gestreichelt?«, so stichelte sie; Zeus aber schloss die holde Göttin, an der er Vaterstelle vertrat, begütigend in die Arme, tröstete sie und riet ihr, fortan das rohe Männerhandwerk zu meiden und stattdessen ihrer anmutigen Arbeit, Herzen in Liebe zu entflammen und Hochzeiten zu stiften, nachzugehen.

Indes hatte unten Diomeds götterberührtes Auge Aeneas unter der schirmenden Wolke Apollons erspäht; dreimal rannte der Tollkühne wider den Schild an, mit dem der lichtumwogte Gott den Gefällten deckte, und dreimal prallte er wie von einer Felswand zurück; als er jedoch ein viertes Mal zum Sturm ansetzte, warnte ihn Apollon, sich zu vergessen und seine Hand gegen einen der Oberen zu erheben, und Diomed, wenn auch zögernd, gehorchte und wich. Apollon entführte seinen Schützling aus dem Getümmel in einen nahegelegenen Tempel, legte ihn dort auf den Altar und setzte mit behutsamer Hand die Splitter und Trümmer der Knochen zu festem Gebein zusammen, dann renkte er den Schenkelkopf in die Hüftpfanne ein, fügte die zertrennten Sehnen, Muskeln, Adern und Fleischfibern wieder aneinander, tupfte das gestockte Blut weg und zog schließlich die Haut von Schenkel, Gesäß und Lenden über der Wunde zusammen, so dass an dem so wunderbar geheilten Leib nicht einmal eine Narbe blieb. »Kehre nun in den Kampf zurück, guter Held«, sprach Apollon, »die Stunde ist günstig, nutze sie!« Mit diesen Worten verließ er Aeneas und eilte zu Ares, der, träge und schwer von Entschluss, noch immer untätig am Skamandros saß. »Was sitzest und sinnest du hier, lieber Bruder«, rief Apollon, »indes der schändliche Diomed die Troer wie Schlachtvieh metzelt; denk dir, der Freche hat es sogar gewagt, die holde Aphrodite zu verwunden, willst du solch einen Frevel ungerächt lassen?«

Da Ares dies hörte, schrie er auf und stürzte sich in der Gestalt eines thrakischen Heerführers ins Getümmel und mähte mit seinem langen Schwert die Griechen wie Kornhalme nieder; vom linken Flügel her stieß Hektor vor, und als dann auch der totgeglaubte Aeneas plötzlich wieder unter den Seinen erschien und sie ins Gefecht führte, drückten nun die Männer Ilions, so tapfer sich die Griechen auch wehrten und so viele Feinde wie etwa den hünenhaften Pylaimenes, den König der Paphlagonier, sie auch in den Tod sandten, das Achaierheer auf der ganzen Front nach dem Lager und den Schiffen hinunter. Hektor allein tötete in kurzer Zeit sieben Helden; des Aeneas Schwert raffte Dutzende hin, und Ares fällte die Griechen in hellen Scharen. Da entschloss sich Athene direkt in den Kampf einzugreifen. Sie eilte ins Schlafgemach des Götterkönigs, streifte dort ihr feingewirktes buntes Gewand ab, schnallte die schwarze Rüstung des Zeus um und wappnete sich mit dem grauenerregenden Aigisschild, der beim Schütteln Blitz und Donner entsendet und in seiner Mitte das noch lebende Schreckenshaupt der Gorgo, des entsetzlichsten Ungeheuers, das je die Erde behaust hat, trägt. Dann setzte sich die Göttin Zeus' goldenen Helm auf, dessen Kuppel mächtig genug ist, Fußkämpfer aus hundert Städten zu überdachen, schwang sich auf ihren achtfach bespannten Wagen und eilte zu Diomed, den, seit er vor Apollon zurückgewichen, wieder die Pfeilwunde und mit ihr verzehrender Durst quälte. »Nun, Sohn des heldenhaften Tydeus«, rief die Göttin ihm zu, »warum weichst du schmählich zurück? Hat dich die Speerarbeit schon ermattet, oder lähmt die Furcht dein tapferes Herz?« – »Es ist dein Gebot, hehre Athene«, so redete Diomed, »das mich zurückhält; du selbst hast mich doch gewarnt, mit einem Unsterblichen außer Aphrodite zu kämpfen, wie sollte ich da dem Blutsäufer Ares widerstehen? Auch verhehl ich dir nicht, dass mein Schwertarm lahm ist, die Wunde plagt mich arg, und mein Schlund ist ausgedörrt!« – »So komm und fürchte dich nicht!«, sprach Athene und stieg neben Diomed auf den Wagen; die Achsen ächzten und bogen sich unter der Last, und die Pferde scheuten; Diomed aber spürte weder Wundschmerz noch Durst mehr; er packte die Lanze und wog sie in der Hand, und sie schien ihm leicht wie eine Feder, und Athene ergriff Zügel und Peitsche und lenkte, durch ihre

Tarnkappe allen Blicken entzogen, das Gefährt in sausender Fahrt dem schlachtenden Ares zu.

Der Kriegsgott, der soeben den aitolischen Krieger Periphas niedergehauen hatte, ließ, als er den heranjagenden Diomed sah, den Leichnam, dem er gerade die Rüstung rauben wollte, liegen und schleuderte seine Lanze wider den Angreifer; Athene aber drückte das Geschoss aus ihres Bruders Hand zur Seite und lenkte dann Diomeds Speer durch den Panzer des Kriegsgottes hindurch tief in die Weichteile seines Unterleibs. Nachtschwarzes rauchendes Blut gurgelte in Strömen aus der klaffenden Wunde; der Getroffene brüllte wie zehntausend Männer im Streit; die Burg und das Feld und alle Berge ringsum erbebten bei diesem furchtbaren Brüllen, und Troer wie Griechen ließen erschrocken vom Kampf ab. Ares versuchte mit beiden Händen das maßlos quellende Blut zu stauen und brüllte ohne Unterlass und fuhr brüllend, die Hände vorm Gedärm, in einer Gewitterwolke auf zum Himmel, dort schleppte er sich zu Zeus und klagte ihm sein Leid. »Willst du etwa diesen ungeheuren Frevel ungerächt hinnehmen, Allvater«, so ächzte Ares, »und willst du dulden, dass dieses Schandweib, die Pallas, Irdische gegen uns Götter hetzt und Erdenwürmer derart verblendet, dass sie es wagen, die Lanze nach mir und Aphrodite zu stoßen? Sende doch endlich deinen Blitz und vertilge dieses Pack!« So redete Ares, und sein schwarzes Blut besudelte den Edelstein-Estrich; Zeus aber blickte finster und sprach unwillig: »Hör doch auf, Ares, mir die Ohren vollzuwinseln und gegen Athene zu lästern, die meinem Herzen lieb und teuer ist. Wahrlich, du gleichst ganz deiner Mutter Hera, da du nur Zank und Fehde und blutiges Morden liebst! Du bist mir darum der verhassteste von allen Olympiern; doch da du nun einmal zu uns gehörst, soll auch dir Hilfe zuteil werden; Apollon mag deine Wunde mit Balsam schließen und es fügen, dass dein Leib ungenarbt bleibt. Nun aber scher dich fort, eh meine Milde mich reut!«

Ares entwich; Apollon heilte ihn mit goldgelbem Balsam; Athene aber wurde vom König der Unsterblichen zum Olymp zurückgerufen. »Du weißt, Ungehorsame«, so fuhr Zeus sie an, »dass ich entschlossen bin, den Griechen meinen Beistand zu entziehen, setze dich also nicht meinem Willen entgegen und halte dich aus dem Kampf heraus!« Athene nickte ergeben, doch die Angriffswucht des Troerheeres war durch ihr Eingreifen schon gebrochen; die Achaier drängten in unersättlichem Hauen und Stechen das Priamosheer wieder zur Stadt zurück, und da der weise Nestor geraten hatte, den Getöteten die Rüstungen erst nach der Schlacht abzuziehen, um die Verfolgung nicht zu verzögern, standen die Troer bald wieder mit dem Rücken an der Mauer, und es schien, als würde es den Angreifern gelingen, noch vor Einbruch der Nacht das Tor einzudrücken und stürmend in die Burg zu ziehn.

Frieden im Waffengang

In dieser äußersten Not suchte Helenos, der Oberpriester Trojas, der die Gabe besaß, aus dem Flug der Vögel und den Eingeweiden der Opfertiere geheime Botschaften der Götter an die Menschen zu lesen, seinen Bruder Hektor auf und gebot ihm, in die Burg zu eilen und seine Mutter, die Königin Hekabe, zu beschwören, ihr vielgeliebtes kostbares Purpurgewand der zürnenden Göttin Athene zu opfern und ihr zwölf untadelige Kühe zu geloben, wenn sie sich der Stadt erbarme und den furchtbaren Diomedes von Ilion abwehre.

»Was allein helfen kann, ist das Schwert«, entgegnete Hektor; doch Helenos drang so flehentlich in den Bruder, dass der Troerprinz der Bitte nachgab und in die Burg eilte. »Die Schlacht ist gewonnen, Hektor flieht!«, rief Diomed und wollte dem Troerprinzen nachsetzen, doch Glaukos, ein mit Ilion verbündeter Fürst, trat ihm in den Weg. Diomed erstaunte ob der kraftvoll erhabnen Gestalt seines Gegners. »Bist du ein Himmlischer, du Fremdling, den ich nie noch gesehen?«, so redete Diomed den Unbekannten an, »bist du ein Himmlischer, dann gib mir ein Zeichen, damit ich dir in Demut begegne; bist du aber einer der Erdensöhne, dann bereu deinen Mut und stell dich zum Kampf!« – »Was fragst du nach meinem Geschlecht, edler Sohn des Tydeus«, erwiderte Glaukos, »es ist irdisch und den Obern so viel wie fallendes Laub im Wind! Meiner Väter Stamm ist in Korinth aufgewachsen, der Stadt des Sisyphos, des schlauesten unter den Menschen, der selbst die Himmlischen getäuscht und zur Strafe dafür in alle Ewigkeit im Hades einen Marmorblock, der ihm kurz vor dem Ziel immer wieder entrollt, einen Steilhang hinanwälzen muss. Sein Enkel ist der herrliche Bellerophon gewesen, der, von einem tyrannischen König aus dem Land getrieben, in Lykien sich niedergelassen und den Schrecken des Landes, die furchtbare feuerspeiende Chimäre, getötet hat. Dieses Bellerophon Enkel bin ich, und mein Vater hat mich angehalten, König Priamos tapfer zu dienen und für unser Geschlecht stets Ehre einzulegen. Daran will ich mich auch jetzt halten, mach dich also zum Kampf auf Tod und Leben bereit!«

Mit diesen Worten hob Glaukos seinen Speer; Diomed aber stieß seine Lanze in den Boden und rief: »Gesegnete Stunde, Glaukos, die mich nach deinem Namen und Geschlecht fragen hieß! Aus Väterzeiten bist du mir ein Gastfreund; mein Ahne Oineus hat einst den hochberühmten Bellerophontes zwanzig Tage lang unter seinem Dach beherbergt; Gastfreunde seien auch wir und wollen im Kampf uns meiden, es gibt ja für jeden von uns wahrhaftig andre Arbeit genug!«

So sprach Diomed und sprang vom Wagen, und auch Glaukos stieg ab, und die beiden Helden eilten aufeinander zu und umarmten sich und gelobten einer dem andern Freundschaft, und Glaukos war so bewegt, dass er ohne Besinnen seine goldene Rüstung, wohl hundert Farren an Wert, ablegte und sie gegen die eherne des Diomed tauschte, die für noch nicht neun Farren feil gewesen wäre.

Als Hektor Troja betrat, war er im Nu von Frauen umdrängt, die ihn nach dem Stand der Schlacht und nach dem Schicksal ihrer Männer, Söhne, Brüder und Väter befragten, und Hektor sah manches Ehweib vor sich, das schon Witwe war und es noch nicht wusste, und er sah manches Kind, dem nie ein Vater mehr übers Haar streichen würde und das nun ahnungslos fragte, ob der geliebte Beschützer auch wohlbehalten sei. Die Augen wurden ihm feucht, und er sagte mit heiserer Stimme nichts als: „Betet innig zu den Göttern, ihr guten Frauen, und fleht sie an, uns gnädig und gewogen zu sein!« Da wussten die Frauen, dass Troja bedrängt war, und sie gingen wortlos auseinander und schritten vor die Altäre und hoben die Hände zum Himmel und flehten zu Zeus und Hera und Athene um Beistand und hätten ebenso gut Wasser in Sieben schöpfen oder Sonnenstrahlen in Säcke füllen können.

Da die Frauen und Kinder ihre Arme zu den Göttern erhoben, hatte Hektor des Priamos Palast erreicht, der neben den Königsgemächern und der geräumigen Ratshalle fünfzig Wohnungen für die Söhne und Schwiegertöchter des Herrschers und zwölf für dessen Töchter und Eidame umschloss. Im Gemach der holdesten Tochter, der lieblichen Laodike, traf der Troerprinz seine Mutter Hekabe an. »Hektor, mein liebes Kind!«, rief die Greisin beglückt, »bist du doch heil aus der grausamen Feldschlacht zurückgekehrt! Dank sei den gnädigen Göttern, dass sie dir das Leben erhalten haben! Aber nun setz dich, mein Söhnlein, setz dich und streck deine müden Glieder, ich will eilen, dir einen Becher roten Weins zur Stärkung aufzutischen!« – »Keinen Wein, beste Mutter«, versetzte Hektor, »ich muss zurück in den Kampf, und Wein macht müde; ich bin nur gekommen, Liebste, dir eine Bitte Helenos zu übermitteln. Die Schlacht steht schlecht, die Griechen berennen schon das Skäische Tor; säume darum nicht, dein kostbares Purpurgewand der Göttin Athene zu weihen und ihr zwölf untadelige einjährige Kühe zu geloben, wenn die Hohe uns beisteht und den furchtbaren Diomed von der Stadt abhält. Dies ist meine Botschaft gewesen, teure Mutter, nun entlass mich wieder in den Kampf zurück!«

Hekabe drückte den Sohn an ihr Herz, dann eilte sie in ihr Schlafgemach, hob dort das Purpurgewand, das von sidonischen Frauen, den Meisterinnen dieser Kunst, gewirkt und gefärbt worden war und heller als ein Stern erstrahlte, aus einer Truhe von Gold und Elfenbein, trug es in den Tempel Athenes, legte es dort vor dem Standbild der Göttin nieder und flehte die Unsterbliche an, die Stadt, die ihr immer getreu geopfert hatte, zu schützen. »Fälle den furchtbaren Diomed, erhabene Göttin«, so betete die greise Fürstin, »zerbrich seinen Speer und sein Schwert und wirke, dass er entseelt in den Staub stürzt, und ich will dir, Erhabene, auf der Stelle zwölf untadelige einjährige Kühe zum Opfer bringen; gib mir nur ein Zeichen, mildtätige Pallas, dass du meine Bitte gehört hast!«

Dies betete Hekabe und wartete auf einen Wink der Göttin; einen Augenblick lang war es still im Tempel, dann trug ein plötzlicher Windstoß Schwertergeklirr und Siegesgeschrei der Griechen an der Königin Ohr. Da wusste Hekabe, dass ihr Flehen vergebens geblieben und ihr Opfer verschmäht war, und schneidendes Weh durchzuckte ihre Brust.

Indes war Hektor in den Palast seines Bruders Paris geeilt, den sich dieser einst neben der Königsburg hatte erbauen lassen. Hektor traf den Bruder in der Waffenkammer, wo der Vielbewunderte sich am Geblink der Rüstungen und am stumpfen Hornglanz der Bogen ergötzte. Als Hektor den Säumigen erblickte, schalt er ihn hart, dass er müßig in seinen Gemächern verweile, während draußen der Kampf schon um das Skäische Tor tobe. »Ich bin ja schon dabei, lieber Bruder, mich für den Kampf zu rüsten«, erwiderte Paris, und seine Stimme klang beschämt, »geh nur voraus, ich werde dir eilends folgen!« Mit diesen Worten schnallte er sich den Harnisch um; Helena aber, die bisher im Frauengemach am Webstuhl gesessen und nun zu den Brüdern getreten war, Helena aber seufzte tief und sprach: »O hätte mich doch am Tag meiner Geburt ein Sturmwind gepackt und in ein ödes Gebirge getragen, oder wäre ich von einer Welle in die Tiefe des Meeres gerissen worden! Wie still und glücklich schuldlos würde ich nun ruhen! So aber ist all mein Leben nur Schande, Unheil mein Los und Übel die Folge all meiner Taten!« – »Wie solltest du Schuld tragen, liebes Weib?«, entgegnete Paris, »die Götter haben ja alles gefügt, und hätte Vater Zeus mich nicht zum Schiedsrichter über den Erisapfel bestimmt, wären unsere Schicksale anders verlaufen!«

»So müsste ich also den Göttern fluchen!«, sprach Helena, aber Hektor verwies ihr diese Worte und sprach: »Erfreche dich nicht, solche Frevelreden zu führen, Schwester; uns Irdischen kommt es nicht zu, über die Himmlischen und ihre Entschlüsse zu richten; sie sind allweise und allgütig und lenken die Dinge der Welt nach Plänen, die wir nicht zu überschauen vermögen und die wir darum nie tadeln dürfen. Manches, in dem wir ein Übel wähnen, ist in Wirklichkeit zu unserem Heil bestimmt; es ziemt uns daher, geduldig und fromm unsre Bahnen zu gehen und den Göttern für ihre waltende Umsicht zu danken! Doch ich muss mich schelten«, fuhr Hektor fort, »dass ich mich schon viel zu lange der Schlacht entziehe; die Sonne neigt sich, und das Siegesgeschrei der Griechen gellt schon über die Mauer; ich will mich nur noch von den Meinen verabschieden, denn niemand weiß, ob es mir vergönnt sein wird, sie wiederzusehen!«

Mit diesen Worten eilte Hektor davon, doch er fand seine Gemahlin nicht in ihren Gemächern; sie war zum Turm geeilt, nach dem Gatten zu spähen, und nun begegnete er der Rückkehrenden hinter dem Tor. In Andromaches Augen standen helle Tränen; das Haar hing ihr wirr um das Haupt, und eine schluchzende Dienerin trug ihr erstgeborenes Knäblein, dem Hektor den Namen Astyanax, das heißt Stadtbeschirmer, gegeben hatte. »O Hektor, Hektor, du furchtbarer Mann«, rief Andromache und umfasste die Hand ihres Gatten, »dich tötet noch einmal dein Mut, und verwaist lässt du dein Knäblein zurück und im bitteren Schmerz deine Ehfrau! Sieh, meinen Vater und meine sieben Brüder hat mir der grausame Streiter Achilles erschlagen, und der Zorn der Göttin Artemis hat einst meine Mutter hinweggerafft! Du allein bist mir geblieben, du bist für mich Vater und Mutter und Bruder und Gatte zugleich! Verliere ich dich, habe ich alles verloren, darum erbarme dich meiner, ich flehe dich an, und meide die Schlacht! Ach Hektor, Hektor, könntet ihr harten Männer doch nur verstehen, wie es einem hilflosen Weibe ums Herz ist!«

So sprach Andromache und setzte zugleich unter Tränen fort: »Aber wenn du schon in den Kampf zurückkehrst, unbändiger Mann, so ziehe das Heer vor dem Feigenbaumhügel zusammen; ich habe beobachtet, dass der Feind von dorther versucht, die Mauer zu übersteigen – aber was rate ich dir da, Liebster? Nein, bleibe bei mir und verlasse dein Söhnchen nicht!«

»Liebste«, sprach Hektor und drückte Andromaches Hand, »Liebste, auch mich härmt all der Gräuel des Krieges, aber ich müsste mich ja vor den Männern und Weibern Ilions schämen, feige abseits im Kampf zu stehen und die Stadt nicht zu schützen! Und selbst wenn ich der Schmach nicht achten wollte: Mein Herz verbietet es mir, dem Getümmel auszuweichen, denn ich habe gelernt, redlich zu sein und in der ersten Reihe zu kämpfen. Zwar weiß ich, dass einst der Tag kommt, da Ilion hinsinkt und die Achaier uns Männer töten und euch Frauen unters harte Joch der Gefangenschaft beugen werden, denn unaufhaltsam vollzieht sich, was das Schicksal einmal beschlossen hat. Doch dann möge meinen entseelten Leib schon die Erde bedecken, dass mein Ohr euer Weinen nicht hört noch das Wimmern der Kinder; dir aber sei dann in den finstren Tagen ein Trost, wenn man von dir sagt: ›Sie ist einst das Eheweib Hektors, des Tapfersten der Trojaner, gewesen und hat sich ihres Mannes niemals schämen gemusst!‹«

So sprach der Priamossohn und wollte sein Knäblein ans Herz drücken, aber das Kind, vom flatternden Helmbusch erschreckt, schrie bange auf und sträubte sich. Lächelnd legte der Vater den Helm ab, und nun küsste er sein Söhnlein und wiegte es sanft in den Armen und flehte laut zu Zeus und den anderen Mächtigen, sie möchten seinen Knaben gleich ihm mit Mut und Kampfkraft begaben, dann reichte er das Kind der Mutter, umarmte sie und gebot ihr, an ihre Frauenarbeit zu gehen. Andromache gehorchte, doch wandte sie sich auf dem Weg oftmals nach ihrem Gemahl um, der klirrend zur Mauer hinunterschritt, und auch Paris hatte indes seine Rüstung angelegt und eilte schnellfüßig dem Bruder nach. Unterm Tor noch holte er ihn ein, und beide warfen sich mit Ungestüm in die Schlacht, ihren Kriegern voran, die sie schon so sehnlich erwartet hatten wie Seefahrer auf dem glatten Meer einen günstigen Wind.

Hektor kämpft mit dem Großen Ajax

Hektor hatte das Jammern und Flehen der Frauen und Kinder Ilions und Paris hatte noch die Scheltworte seines Bruders im Ohr; wie grimmige Löwen brachen beide aus dem Skäischen Tor, das schon von der griechischen Sturmspitze bedrängt war, und warfen die Angreifer weit zurück. Das gewahrte Athene, und sie stürmte, dem Gebot des Allmächtigen trotzend, zum Schlachtfeld hinunter und grübelte, wie sie den Griechen am besten beistehen könne, ohne von Zeus entdeckt zu werden. Da trat Apollon vor sie hin und schlug vor, gemeinsam auf ein Mittel zu sinnen, den Kampf für heute abzubrechen. Athene war ob dieses Vorschlags verblüfft, denn sie sah die Troer im Vorteil, und das Angebot Apollons kam ihr höchst gelegen, und Apollon wiederum hatte befürchtet, die Griechen könnten doch noch die Stadt stürmen, und wollte deshalb den Kampf unterbrechen. So kamen denn die beiden Himmlischen schnell überein, die Schlacht durch einen Zweikampf wenn nicht zu entscheiden, so doch hinauszuziehn. »Wir wollen Hektor gewaltigen Mut in die Seele hauchen«, schlug Apollon vor, »auf dass er es wagt, einen der Achaier zum Kampf zu fordern, dann werden wir weitersehen, wie die Dinge sich entwickeln!« Athene war einverstanden; die beiden Oberen verwandelten sich in zwei gebärtete Geier und hockten sich auf den Ast einer uralten, vor dem Skäischen Tor hochragenden Rotbuche; der Priester Helenos aber, der mit seinem inneren Ohr dies Gespräch belauscht hatte, eilte zu Hektor und bestürmte ihn, vor die Front zu treten und einen der Griechen zum Zweikampf aufzufordern; er könne dies, so redete Helenos, unbesorgt tun, denn die Unsterblichen hätten seinen Tod noch nicht beschlossen.

Diese Worte labten Hektors Herz; er hob seinen Speer mit beiden Händen über den Scheitel und trat zwischen die Fronten, die, da sie den Redeheischenden gewahrten, voneinander ließen, und der Trojanerfürst hob an zu sprechen und schlug einen Zweikampf zu der Bedingung vor, dass der Sieger wohl die Rüstung des Unterlegenen rauben und seinen Schätzen zuführen dürfe, den entseelten Leichnam aber zur feierlichen Bestattung den Angehörigen zurückgeben müsse. Erwartungsvoll musterte Hektor das Rund der Achaier, wer sich ihm wohl zum Kampf stellen werde, allein die Griechen senkten das Haupt und verharrten voll Furcht in ratlosem Schweigen, bis schließlich der greise Nestor aufstand und den Verlust seiner Jugendkraft jammernd beklagte; er würde, so mahnte er mit geißelnden Worten, sonst nicht die Schmach erdulden, von den Feinden als Feigling geschmäht zu werden. Da sprangen beschämt neun der tapfersten Fürsten, darunter die beiden Ajax, Diomedes, der Kreterkönig Idomeneus und der listenreiche Odysseus auf, so dass nun das Los entscheiden musste. Jeder der Helden nahm einen Stein, grub ihm ein Zeichen ein, und Nestor sammelte die Lose in seinem Helm, den er so lange schüttelte, bis ein Los heraussprang: der Stein des Großen Ajax.

Hektor warf als Erster die Lanze; sie traf den siebenhäutigen Schild des Hünen, durchdrang die oberste Eisenschicht und zerschnitt sechs der sieben Stierhäute, im letzten Leder aber ermattete sie. Nun schleuderte Ajax den Speer, und er durchstieß Schild und Harnisch Hektors, fuhr jedoch an dessen Weiche vorbei. Beide Helden rissen die Speere aus dem Schild und rannten, zwei raublustige Panther, widereinander; Hektors Lanze prallte auf dem Schildbuckel des Griechen ab, dessen Speerblatt aber ritzte des Gegners Hals, so dass dunkles Blut der Wunde entströmte. Hektor schrie auf, doch er griff tapfer zum Schwert und wandte sich wider den Gegner; Apollon aber bat die Göttin der Nacht, ihren Mantel früher als sonst über das Schlachtfeld zu decken, und sie, die gütige dunkle Mutter und Freundin der Sterblichen, entsprach der Bitte des göttlichen Jünglings. Jäh brei-

tete sich die Dämmerung aus, und die beiden Kampfherolde trennten die Streiter und mahnten sie, der Göttin der Nacht, der erhabenen Nyx, die Himmlische wie Irdische besänftigt und bändigt und die den Waffenlärm hasst, zu gehorchen und voneinander zu lassen. So hingen denn die Helden die Schwerter wieder über die Schulter, und jeder, noch keuchend und nach Atem ringend, pries, wie es in alten Zeiten Brauch war, den Mut und die Kraft seines Gegners, und schließlich tauschten sie, auch hier einer alten Überlieferung folgend, Geschenke aus. Hektor überreichte Ajax ein silbernes Schwert und Ajax dem Hektor einen purpurnen Leibgurt, dann drückten sie, indes das Dunkel hereinbrach, einander die Hände und schieden in Ehren. Es war dies silberne Schwert aber die Waffe, die Ajax sich einmal ins Herz stoßen, und es war der purpurne Gürtel der Riemen, an dem Achilles den Leichnam Hektors dereinst durch den Staub schleifen sollte. Doch davon zu gegebener Zeit.

Der Waffenstillstand

Nachdem die Krieger ins Lager und zur Burg zurückgekehrt waren und sich bei einem reichlichen Mahl gestärkt und gesättigt hatten, hielten die Könige beider Völker für sich Rat, was weiter zu tun sei. Nestor schlug vor, mit den Trojanern einen Waffenstillstand auszuhandeln, damit beide Parteien ihre Toten bergen und bestatten konnten, auch solle, so riet er, die Zeit genutzt werden, die Brustwehr, der die Troer bei ihrem Gegenstoß schon gefährlich nahe gekommen waren, zu verstärken. Zu gleicher Zeit saßen die Krieger zu Ilion und berieten, und Antenor, einer ihrer tapfersten Kämpfer, beschwor sie, Helena samt allen geraubten Schätzen den Griechen zurückzugeben, sollten nicht Burg und Volk verloren sein. Paris aber wollte von Helena nicht lassen; die Schätze herauszugeben, so erklärte er, sei er bereit, ja er wolle seine gesamte Habe als Buße hinzufügen, nur von Helena sich trennen, das könne er nicht! Diese Botschaft des Paris wurde am nächsten Tag von einem Herold den griechischen Fürsten überbracht und auf der Stelle von Diomed zurückgewiesen. »Selbst wenn du uns Helena herausgeben wolltest, edler Herold«, so redete er, »würden wir nach eurem Treubruch niemals die Schiffe besteigen und in die Heimat segeln; Ilion zu vernichten und seines gesamten Gutes zu berauben ist unser Ziel, und wir sind ihm gestern schon sehr nahe gewesen!«

Diesen Worten jubelten alle die Könige zu, und Agamemnon erhob sich und unterbreitete dem Herold den Vorschlag, einen Tag lang die Waffen ruhen zu lassen, um die Toten ordentlich zu bestatten, auf dass ihre armen irrenden Seelen Einlass in den Hades fänden, denn die Menschen der alten Zeiten glaubten, dass die Verstorbenen nicht eher durchs Tor des Schattenreichs ziehen durften, ehe nicht Erde, und sei es auch nur eine Handvoll Staub, ihren Leib bedecke. Also trafen sich am nächsten Morgen die Männer ohne Panzer, Schwerter und Speere auf der Walstatt; Troer wie Griechen wuschen die leblosen Körper ihrer Gefallenen von Staub und verkrustetem Blut rein, türmten mächtige Scheiterhaufen, hinter der Burg am Fuß des Ida den einen und nahe den Schiffen den anderen, betteten die Toten auf die harzigen Kloben, und die ganze Nacht hindurch prasselten die Flammen zu den milden Sternen am samtschwarzen Firmament, bis dann am Morgen die Asche bestattet wurde. Ein Teil der Achaier aber nutzte Tag und Nacht, die mancherorts schon zerfallene Brustwehr zu verstärken und Vorräte an Wurfsteinen auf ihre Zinnen zu schichten. Zeus sah ihr hastiges Mühen; er dachte an die Hilfe, die er der schönen Meergöttin versprochen, und er beschloss, nunmehr den Kriegern Ilions den Sieg zu verleihen. Indes war für die Griechen Nachschub von ihrer Versorgungsbasis, der nahegelegenen Insel Lemnos, eingetroffen: acht Schiffsbäuche voll lebendigen Viehs, tausend Maß süßen Weins und dazu erzene Waffen, Stierhäute für Schilde und blinkendes Metall. So wurde, als wäre der Sieg schon errungen, ein gewaltiges Festmahl gerüstet; die ganze Nacht hindurch schmausten und zechten die Achaier, und von jedem Becher Weins, den sie tranken, schütteten sie Zeus einen Opferschluck auf den Boden und flehten den Allvater um Beistand an. Der Götterkönig aber schüttelte lächelnd das Haupt ob dieser Gebete und Opfer, und da er sein

Haupt schüttelte, hallte der Donner über das schweigende Schlachtfeld, und in den lohenden Scheiterhaufen vor den Schiffen fuhr zischend ein Blitz.

Hektor schlägt die Griechen

Am nächsten Morgen versammelte der allmächtige Zeus alle Himmlischen, auch die Götter der Berge, Flüsse und Haine, denen der Olymp sonst nicht zugänglich ist, ja sogar die dienenden Gottheiten, wie die Horen, die das Tor der Götterburg öffnen und schließen, oder die der schönen Künste und der Wissenschaften kundigen Musen, und redete in heftigen Worten solcherart zu ihnen: »Hört meinen Spruch, Götter und Göttinnen«, also begann er, »keiner der Unsterblichen möge es wagen, meinem Willen zu trotzen und sich in den Kampf vor Ilion einzumischen, wie immer er auch ausgehen wird! Wer sich unterfängt, den Griechen oder den Troern Hilfe zu leisten, den will ich in das Dunkel des Tartaros schleudern, in die schreckliche Schlucht, die tief noch unter dem Totenreich liegt, und ihre eiserne Pforte will ich so fest verschließen, dass der Unselige für alle Ewigkeit in der heulenden Finsternis schmachten soll, um endlich zu begreifen, wer der mächtigste unter den Göttern ist! Versucht es doch, ihr Himmlischen alle, und befestigt eine goldene Kette am Himmelsgewölbe und hängt euch insgesamt daran; es würde euch, sosehr ihr auch eure Kräfte anspanntet, niemals gelingen, mich, den Ordner der Welt, zu Boden zu ziehen, aber ich höbe euch samt der Erde und dem Meer in die Höhe und schlänge die Kette um den höchsten Zacken des Olymp, dass die Welt und ihr alle frei in Lüften schwebtet! Also hütet euch, meinem Wort zuwiderzuhandeln!«

So redete Zeus und blickte dabei fast unverwandt auf Hera; dann hüllte er sich in seine goldene Rüstung, bestieg sein Achtergespann und jagte zum Berg Ida hinter der Priamosburg hinunter, wo er einen Hain und einen Altar besaß. Dort ließ er sich, in eine Wolke gehüllt, nieder und weidete sich am Anblick der Heere, die nun aufeinanderprallten und mit Schwertern, Lanzen, Äxten und Pfeilen ihr blutiges Handwerk verrichteten. Bis zum Mittag wogte die Schlacht unentschieden; als der Sonnenwagen aber auf dem höchsten Punkt seiner Fahrt stand, erhob sich Zeus, ergriff die Schicksalswaage und legte in jede ihrer Schalen ein Los, und siehe: Die Schale mit Ilions Los schwebte zum Himmel auf und das Los der Griechen senkte sich dem Hades zu. »So sei, da es auch das Schicksal so will, deine Bitte erhört, liebreizende Thetis«, rief Zeus. »Verderben soll die Achaier schlagen, bis dein lieber Sohn dort auf den schwarzen Schiffen seine Rache bis zur Neige gekostet hat!« Mit diesen Worten ergriff er einen Blitz und schleuderte ihn nach dem Heer der Griechen, die entsetzt den feurigen Strahl vom Gipfel des Ida in den wolkenlosen Himmel und von dort in ihre Reihen fahren sahen. Ein nie gefühltes Grauen überkam die Achaier, und selbst ihre tapfersten Helden: Idomeneus, die beiden Ajax und Odysseus, ja Diomed begannen zurückzuweichen; einzig der greise Nestor musste mit seinem Kampfwagen ausharren, denn eines seiner Rösser war, von einem Pfeil des Paris in die Stirn getroffen, gestürzt und hatte in Fall und Todeskampf die Stränge zu einem Knäuel verheddert. Nestor hieb, um das Nebenross frei zu bekommen, die verstrickten Riemen mit dem Schwert durch, da brauste der schreckliche Hektor auf seinem Gefährt heran, und der tapfere Greis wäre verloren gewesen, hätte nicht Diomed, der sich seines Wankens schämte und als einziger wieder angriff, ihn auf den eigenen Wagen gerissen. »Nun soll Hektor sehen, was meine Lanze vermag!«, rief der junge König und stürmte dem Troerprinzen entgegen, und sein Speer durchstieß Hektors Wagenlenker die gepanzerte Brust; Zeus aber sandte einen zweiten Blitz, der mit solch ohrenbetäubendem Donner die Erde vor Diomeds Kampfwagen spaltete, dass die mutigen Rosse sich erschrocken bäumten und voll Todesangst an den Strängen zerrten. »Lass ab, Diomed«, rief Nestor, »Zeus hat sich gegen uns entschieden, wir dürfen nicht wagen, ihm zu trotzen!« – »O Nestor!«, erwiderte Diomed, »so wird es also von nun an heißen: Schimpflich und feig ist des Thydeus Sohn vor den Troern geflohen!« Nestor aber hatte das Gefährt schon herumgerissen, und in rasender Flucht strebten die Helden dem Feldlager zu, und ihnen nach jagten Hektors Gespann und schneidender Hohn. Dreimal gedachte Diomed, den Wagen zu wenden und den Spottenden mit dem Schwert zu antworten, doch jedes Mal, da er nach den Zügeln griff, donnerte Zeus vom Ida her seine Warnung.

Hektor begriff die Gunst der Stunde. »Vorwärts, Freunde, treue Verbündete!«, so rief er den Seinen zu, »vorwärts, der Allmächtige ist mit uns, wir wollen kühn über den Graben setzen und das Lager stürmen, die Schiffe der Feinde verbrennen und das fremde Gezücht vom heiligen Heimatboden verjagen!« Also jauchzte der Held, und die Wagen der Troer rasselten in stürmischer Jagd über das Schlachtfeld; Hera aber jammerte dies Bild, und sie wandte sich an Poseidon, den Beherrscher des Meeres, der seit alters her ein besonderer Gönner des seetüchtigen Griechenvolkes ist. »Mächtiger Gott, du Lenker der Wogen und Erschütterer aller Gestade«, so redete Hera, »willst du nicht vom Olymp eilen und deinen Schützlingen helfen, ehe ihnen Vernichtung droht? Siehe, sie sind schon bis an den Graben gedrängt, und dort eilen sie schon durchs Tor ins Lager! Ach, und auch Diomed flieht, und auch der Große Ajax, der trotzige Turm jeder Schlacht, steht schon hinter dem Graben! Säume nicht länger, mächtiger Bruder, errege das Meer und lass eine brüllende Woge die Troer verschlingen, wahrlich, sie stecken sonst heute noch die Schiffe in Brand!«

So eiferte Hera, und Poseidons Herz jammerte im Einklang mit ihren Lippen; er wog den gewaltigen erzenen Dreizack, mit dem er die Meere aufwühlt und die Erde erschüttert, begierig in Händen und war voll Lust, damit das troische Heer wie Körner in einem Mörser zu zerstampfen, doch Angst vor des Bruders schrecklichem Zorn lähmte seinen Arm. »Verwegene Hera«, sprach er, »versündige dich nicht durch solche Worte; ich werde meine Hand keinem Werk leihen, das wider den Willen unsres Gebieters gerichtet ist, denn wahrlich, er ist doch der Mächtigste von uns allen!«

Dies sprach Poseidon entgegen der Stimme seines Herzens; Hera aber wandte sich voll Verachtung von ihm ab und eilte zur Pallas, die trauernd den Triumph der Troer verfolgte. »Töchterlein, liebes«, so sprach die Königin, »da Poseidon zu feig ist, dem Unheil zu wehren, so rette du das ster-

bende Hellasvolk! Wenn Hektor die Furt überquert, ist es verloren, und mit ihm ist's auch um unsre Rache geschehen!«

»Wie oft habe ich dem grausamen Vater Gutes getan«, entgegnete ihr Athene finster, »wie oft habe ich seinen Lieblingssohn Herakles vor dem Untergang bewahrt, und nun vergilt mir der Unbarmherzige meine Dienste mit solch schnödem Undank und folgt den Einflüsterungen dieser verbuhlten Thetis, die seine Knie geherzt und ihm mit honigsüßen Worten und sanften Liebkosungen zu schmeicheln verstanden hat. Auf denn, Hera, schirre mir ein Gespann, indes ich mich rüste, wir wollen ja sehen, wie es diesem frevelhaften Hektor zumut sein wird, wenn ich plötzlich in den Reihen der Griechen auftauche! Und was den Groll des Götterkönigs angeht – er wird zwar fürchterlich toben und schelten, doch einmal wird er mich schon wieder sein liebes blauäugiges Töchterlein nennen!«

So sprach die Pallas, und Hera eilte, den Wagen anzuschirren; Athene aber warf ihr buntes Gewand ab und hüllte sich, da sie als weibliche Gottheit keinen eigenen Panzer besaß, in ihres Vaters schwarze Rüstung, fasste den Speer und schwang sich auf den Wagen; Zeus jedoch hatte voll Grimm den Ungehorsam seiner Tochter und seiner Ehfrau angesehen und sandte nun seine Botin, die goldgeflügelte Iris, die auf dem vielfarbenen Regenbogen dahingleitet, aus, den Unbotmäßigen zu bestellen, er werde, wenn das Gefährt das Himmelstor verlasse, den Wagen mit seinem Blitz zerschmettern und die Leiber der Aufsässigen derart zeichnen, dass die Wunden nach zehn Jahren noch nicht vernarbt sein würden.

So kehrten die streitbaren Göttinnen denn zum Saal zurück und setzten sich mit stummem Gemurr abseits der Tafel auf ihre goldenen Stühle, und nichts mehr hätte jetzt die Troer abgehalten, das Lager zu stürmen und Feuer an die Schiffe zu legen, doch nun war es Zeus in eigener Person, der, ein Liebhaber blutiger Kämpfe, den Troern den Sieg nicht gar so mühelos schenken wollte. Als darum Agamemnon, den purpurnen Mantel des Oberbefehlshabers über die Rüstung geworfen, von des Odysseus Schiff aus die Griechen mit flammenden Worten zum Widerstand spornte, sandte ihm der Allwaltende ein günstiges Zeichen: Sein Adler schlug eine Hirschkuh, kreiste, das zuckende Wild in den Fängen, über dem Heer der Achaier und ließ die Beute schließlich auf den Opferaltar in der Mitte des Ratsplatzes niederfallen. Die Griechen jubelten ob dieses wunderbaren Orakels und warfen sich mit neuem Mut den Troern, die schon durch die Furt stießen, entgegen; Diomed durchbrach als Erster die feindlichen Sturmreihen; ihm folgten Agamemnon und Menelaos, Idomeneus, Meriones und die beiden Ajax, und der berühmte zielsichere Bogenschütze Teukrer erschoss, vom Schild seines Halbbruders, des Großen Ajax, gedeckt, in kurzer Zeit zehn troische Krieger, darunter den zweiten Rosselenker Hektors. Der Troerprinz erspähte den Bogenschützen, sprang vom Wagen und schleuderte dem Griechen, der, seinen Bogen spannend, die Deckung vernachlässigte, einen zackigen Feldstein wider das Schlüsselbein; Teukrer brach zusammen, und der Bogen entglitt seiner Hand, doch Ajax schützte den Schwerverwundeten so lange mit seinem Schild, bis zwei Gefährten den Stöhnenden nach hinten gebracht hatten. Dadurch war der griechische Gegenstoß ins Stocken geraten, und die Troer drangen abermals vor und trieben die Griechen erneut bis zum Graben, doch die erneute Gefahr erneuerte wiederum den Kampfmut der Bedrängten, und so schwangen, ein furchtbarer Zeitmesser, die Schlachtreihen vor und zurück, bis die Nacht hereinbrach. Die Troer hatten ihr Nahen mit Unwillen angeschaut und die Griechen voll Hoffnung: Sie dachten, dass sich die Feinde nun nach der Burg zurückziehen würden, allein zum ersten Mal in den zehn Jahren dieses Krieges schlugen die Trojaner auf Hektors Rat ihr Nachtlager auf dem Schlachtfeld auf. Sie fuhren Brot und Wein und Fleisch und Gerste aus der Stadt heran, spannten die Pferde aus, tränkten und fütterten sie und rüsteten dann eine üppige Mahlzeit; rings um das Schlachtfeld aber und auf den Zinnen der Burg und auf allen Türmen hieß Hektor Feuer anzünden, damit die Achaier nicht unbemerkt die Schiffe lösen und fliehen oder im Schutz der Finsternis die Ruhenden überfallen konnten. Also geschah es; ringsum im Feld und auf den Zinnen und Türmen lohten prasselnde Feuer, tausend allein auf der Walstatt, und um jedes Feuer saßen fünfzig Helden, und ihre Rosse, mit Spelt und goldgelber Gerste genährt, rasteten bei den Geschirren. Hektor aber stand, nachdem er den Göttern Dankopfer gebracht und Zeus um weiteren Beistand angefleht hatte, inmitten des Heeres und redete zu seinen Kriegern. »Morgen«, so sprach er, »werden wir zum Sturm auf die Schiffe antreten und die wütenden Hunde hinwegtreiben, die das Meer an unsere Küste gespült hat. Dann wird in Ilions Mauern endlich wieder Jubel herrschen!«

Die Griechen senden nach Achill

Im Lager der verwirrten und verschreckten Griechen hatte indes Agamemnon, leise, damit die nahen Troer nichts hörten, das Volk zur Versammlung auf den Ratsplatz entboten. Schweigend ließen sich die Männer im Rund nieder, und der Oberbefehlshaber redete, während Tränen seine Augen feuchteten, mit heiserer Stimme die Männer an. »Krieger und Freunde«, so begann er, »in eine harte Schuld hat mich Zeus gestürzt! Auf seine Versprechungen bauend, habe ich euch übers stürmische Meer vor die Priamosburg geführt, doch nun verweigert mir der Allvater den Sieg, den er mir erst noch vor Tagen im Traum verhießen. Ich schlage euch daher vor, den sinnlos gewordenen Kampf abzubrechen und mit unseren Schiffen heimwärts zu fliehen, denn nimmermehr werden wir wohl das feste Troja erobern!«

So sprach Agamemnon, und die Krieger schwiegen und sahen die Feuer der Troer lohen und dachten an die ferne Heimat, und Thersites wollte schon anheben zu reden und Agamemnons Vorschlag zu unterstützen, da sprang, von Kampflust berauscht wie von süßem Wein, Diomedes mit heftiger Gebärde auf. »Du hast uns zum Rat herbeigerufen, Atreussohn«, so wandte er sich an Agamemnon, »zürne mir darum nicht, wenn ich frei von der Leber weg rede und deinem unbedachten Wort entschieden widerspreche. Wohl, wir haben dich zu unserem Anführer gewählt, da du der mächtigste König bist und über die größte Streitmacht gebietest, doch was Tapferkeit heißt, das hast du wohl nie erfahren. Glaubst du im Ernst, die Männer Achaias seien verschreckte Kinder? Wenn es dich nach der Heimat gelüstet – wohlan, dort wartet dein Schiff, niemand wird dich und deine Argiver hindern, es zu besteigen und ehrlos zu fliehen! Wir aber, wir werden ausharren, und wenn auch die anderen Könige mit ihren Stämmen zu flüchten begehren, so werden ich und Sthenelos unverzagt weiterkämpfen, bis Trojas Schicksal vollzogen sein wird!«

So prahlte Diomed vor dem Volk und den Fürsten, und der greise Nestor rühmte denn auch nach Gebühr den Mut und die Beredsamkeit des tapferen Streiters, dann aber schlug er vor, die Versammlung aufzulösen und im engeren Kreis der Könige, denen Agamemnon ein Mahl rüsten möge, weiter Rats zu pflegen; das Fußvolk solle, so riet er, sich indes zur Ruhe begeben, eine auserwählte Schar der jüngsten und kräftigsten Krieger aber zwischen Brustwehr und Graben Posten beziehen. Dies geschah; das Volk ging müde auseinander; sieben speerbewaffnete Hundertschaften besetzten den Graben, und die Könige folgten Agamemnon in sein Haus und ließen sich an der Tafel nieder, und noch ehe die Speisen aufgetragen wurden, setzte Nestor seine Rede fort. »Auch ich muss dich tadeln, Befehlshaber«, sprach der Greis, »doch wollte ich dies nicht vor allem Volk tun. Hier aber, unter uns, hat jeder nach seinem Gewissen zu handeln und nicht an das Ansehen einer Person zu denken. Ich habe, du entsinnst dich sicher, damals mit großem Ernst abgeraten, Achilles zu erzürnen und ihm wider alles Recht und Herkommen sein Beutegut, die holde Briseïs, zu rauben; du hast aber dann doch deinen Willen durchgesetzt, und seit jener Stunde verfolgt uns das Unheil. Überdenke nun, wie wir den Zürnenden versöhnen und mit welchen Geschenken und Worten wir seinen verhärteten Sinn wohl brechen können. Er und seine Myrmidonen müssen wieder am Kampf teilnehmen, das ist der einzige Weg zu unserer Rettung, alles andere sind Hirngespinste und Windbeutelein!«

»Du sprichst nur allzu wahr, wenn du mich schiltst«, entgegnete Agamemnon, »ich selbst mache mir ja schon lange die bittersten Vorwürfe ob meiner Unbesonnenheit, denn dieser göttergleiche Mann ersetzt im Kampf ja ganze Völker! Ich habe mich deshalb entschlossen, ihm ein Sühnegeschenk ohnegleichen anzubieten: zehn Barren Gold, sieben vom Feuer noch nie berußte dreifüßige Kessel, zwanzig schimmernde Becken aus Silber, zwölf ausgesuchte Rosse, alle Sieger in Wettrennen, sieben blühende Frauen von der Insel Lesbos und natürlich Briseïs selbst, die, das beschwöre ich mit dem heiligsten Eide, von mir noch nicht berührt worden ist. Doch dem nicht genug: Wenn die Götter uns Ilion zu stürmen gewähren, soll er sein Schiff bis zum Rand mit Gold und Erz beladen; er selbst darf seinen Beuteanteil bestimmen und sich zwanzig der schönsten Troerinnen vor allen andern zu Mägden wählen, und wenn wir nach Hellas heimgekehrt sein werden, will ich ihm eine meiner drei Töchter zur Frau geben; er soll mir ein lieber Schwiegersohn und meinem Herzen so nah wie mein einziger Sohn Orestes sein und als Hochzeitsgeschenk sieben meiner reichsten Städte zu Steuerzins und Tribut erhalten! Dies ist mein Sühnegebot, und es ist an Großzügigkeit wohl schwerlich zu übertreffen!«

»So lasst uns ungesäumt Botschafter zu dem Grollenden entsenden«, erwiderte Nestor erfreut, »ihm dein wahrhaft königliches Angebot zu unterbreiten! Am geeignetsten erscheint mir dafür der edle Phönix, der ja ein greiser väterlicher Freund und Landnachbar des Peliden ist; der Große Ajax und Odysseus mögen ihn begleiten; wir wollen indessen zu Zeus beten, dass er der Gesandtschaft seinen Segen verleihe!«

Die drei Könige machten sich eilends auf den Weg zu dem Myrmidonen, und sie fanden Achilles und seinen Lieblingsfreund Patroklos beim Leierspiel. Ehrerbietig blieben Phönix und seine Begleiter unter der Tür stehen; Achill aber und Patroklos erhoben sich, und der Pelide begrüßte seine Gäste mit freudigem Handschlag, bat sie in sein Gemach, hieß sie sich setzen und bereitete ihnen eigenhändig ein festliches Mahl. Er steckte einen Schafs- und einen Ziegenrücken samt einer fetttriefenden Mastschweinschulter auf den Spieß und briet die Stücke über einem Holzkohlenfeuer, würzte den Braten mit Salz und Kräutern, zerlegte ihn in duftende Scheiben, verbrannte die besten Stücke zu Ehren der Götter und setzte, nachdem Patroklos Brot in Weidenkörbchen ausgeteilt hatte, das zerschnittene Fleisch den Gästen vor. Die aßen hastig, um schnell zur Sache zu kommen, und sofort nach dem Schmaus erhob sich Odysseus, trank seinem Gastgeber zu und entledigte sich dann in wohlgesetzten Worten seines Auftrags. Er beklagte die Not der Achaier, und Tränen glänzten in seinen Augen; er pries die Kraft und den Kampfmut Achills, und seine Stimme schmetterte wie Metall; er schilderte die Schätze, die Agamemnon dem Grollenden zur Versöhnung anbot, und seine Arme breiteten sich aus, als könne das Gemach die Fülle des angetragenen Sühnegutes nicht fassen, und nachdem Odysseus seine Rede beendet hatte, streckte er dem Peliden die Rechte zum Handschlag hin. »Es schmerzt mich, deine Bitte abschlagen zu müssen, Odysseus, du guter Freund«, erwiderte Achilles lächelnd, und er erklärte, Agamemnon sei ihm verhasst wie die Hadespforte; er habe ihm, Achill, als einzigem Fürsten im griechischen Heer das bereits zugesprochene Beutestück wieder abgenommen, und er möge sich jetzt seine höhnenden Worte sparen. »So wie die Mutter ein nacktes Vögelchen im Nest Tag und Nacht atzt und füttert und ihm Bissen darbietet und ihrer selbst nicht achtet, so habe ich diesen Unwürdigen versorgt«, sprach der junge Krieger erbittert, »zwölf Städte habe ich ihm während der Meerfahrt gestürmt und elf in Kleinasien ihm zu Füßen gelegt; alle Beute habe ich diesem Mann übereignet, der während des Kampfes faul und feig bei den Schiffen gelungert; er hat sich den Löwenanteil ausbedungen und mich mit dem kargen Rest abgespeist, und ich habe es neun Jahre lang willig und gehorsam geduldet, aber nun dulde ich's nimmermehr! Mag er doch jetzt überlegen, der Kluge, wie er sich der Trojaner erwehren kann! Manches hat er ja schon getan, der große Feldherr, er hat eine Brustwehr gebaut und einen Graben mit Pfählen gespickt, das wird Hektor ja wohl bändigen! Ja, als ich noch im Kampf gestanden, da hat sich Hektor nie weit vor das Skäische Tor, nur bis zum Feigenbaumhügel und allerhöchstens bis zur Rotbuche gewagt, nun aber nimmt er seine Abendmahlzeit vor eurem Lager ein, und ich lache eurer Not! Sieh, meine Flotte ist segelbereit, morgen flehe ich Vater Zeus um günstigen Wind an, dann werde ich fröhlich dem Hellespont den Rücken kehren und mich nach der Heimat wenden! So richte denn Agamemnon, dem unverschämten Patron aus: Ein Greuel sind mir seine Geschenke und seine Worte, ein Greuel ist er mir und ist mir sein ganzes Haus, und hätte er mir selbst das Zwanzigfache geboten, ja böte er mir ganz Theben und Ägypten und so viel Gold wie Sand am Meer: Abschlagen würde ich es dem hündischen Frevler, dem ausgekochten, schandmäuligen Hundesohn! Ja glaubt er denn, mein Heimatland habe keine prächtigen Frauen hervorgebracht, dass er mir eine seiner Bastardtöchter anbietet; meint er vielleicht, in Phthya verstehe man nicht, Rosse zu züchten oder Dreifüße und Becken zu hämmern, da er mir seinen Krempel anträgt? Wahrlich, sein Dünkel kennt keine Grenzen; morgen will ich abziehen, mag er mich ruhig auch feige schelten! Denn wisse, Odysseus, noch immer kann ich zwei Lebenswege wählen: Harre ich vor Ilion aus, so ist mir ewiger Ruhm ebenso gewiss wie ein früher Tod in der Fremde, kehre ich aber in die Heimat zurück, wird mir ein langes, wenn auch nicht hochberühmtes Leben beschieden sein, und dieses Letzte wähle ich nun. Geht also und überbringt den Fürsten der Achaier meine Worte, der edle Phönix aber mag gerne hierbleiben und, wenn er will, morgen mit mir in die Heimat fahren, grenzt doch sein Reich Doloysia an mein waldiges Phthya!«

So sprach der Held, und vergebens versuchte Phönix den Sinn des Zürnenden zu wenden; vergebens hielt der väterliche Freund dem Abweisenden vor, dass, wie manche Sage berichte, sogar der Groll der Götter zu sänftigen sei; vergebens flehte der Greis den jungen Helden an, sich nicht von einem Rachedämon den klaren Verstand verwirren zu lassen – Achill gestand ihm nur zu, am frühen Morgen noch einmal mit ihm und Patroklos zu überlegen, ob man schon morgen in See stechen oder noch ein paar Tage abwarten solle. »Ach, lassen wir doch diesen unbarmherzigen Mann«, so wandte sich der Große Ajax an Odysseus, »er muss ja ein Herz aus Marmor in der Brust tragen! Wir wollen zurückgehen und dem Rat der Könige sein Unheilswort überbringen, auf dass sie nicht länger nutzlos warten! Ach, du Grausamer«, so redete Ajax nun dem Grollenden zu, »wie haben wir dich, das weißt du, doch immer so hoch geehrt, und nun verweigerst du uns deine Hilfe in bitterster Not. Doch wenn dich die innigsten Bitten deiner Freunde nicht umzustimmen vermögen, wem sollte es denn sonst gelingen? Sieben blühende Jungfrauen bieten wir dir mit dem *einen* Mädchen, die anderen Geschenke gar nicht gerechnet, und du rümpfst deine Nase, als böten wir dir eine Handvoll Staub! Gastfreunde sind wir unter deinem Dach, bedenk das – sollte ihr Flehen wirklich dein Herz nicht milder stimmen?«

»Ach Ajax, ach Odysseus«, erwiderte Achill, »ihr sprecht mir ja aus der Seele, aber die Galle schießt mir ins Blut, wenn ich an diesen hündischen Menschen denke! Nein, nein, ich kann meinen Groll nicht bezwingen, er verdient es nicht, der Lumpenkönig! So bringt denn dem Rat der Fürsten diese Botschaft: Wenn Hektor mit seinen Scharen mein Lager und meine Schiffe bedrängt, werde ich den Kampf wiederaufnehmen und die Troer hinter den Graben, aber keinen Schritt weiter, zurücktreiben, nur baut nicht darauf, dass der Priamossohn sich ausgerechnet in meine Nähe wagen wird!« Mit diesen Worten erhob sich Achill und ging mit Patroklos zu den Schiffen hinunter, wo beide mit ihren Frauen zu nächtigen pflegten. Phönix nahm das Quartier an und legte sich in einem weichen Bett aus Schaffell nieder, und Odysseus überbrachte mit Ajax den schon ungeduldig harrenden Königen die traurige Kunde. Lange schwiegen die Helden, dann sprach Diomed: »Ach, hättest du dem Peliden doch keine Geschenke angeboten, Agamemnon! Stolz ist jener schon immer gewesen, nun aber hast du ihn in seinem Hochmut derart bestärkt, dass mit ihm überhaupt nicht mehr zu reden sein wird. Ich schlage daher vor, wir lassen endgültig von ihm und machen uns keine unnützen Hoffnungen; mag er heimfahren, mag er bleiben, es soll uns nicht scheren, wir müssen uns eben einrichten, ohne ihn auszukommen. Lasst uns daher jetzt noch ein paar Stunden schlafen; morgen erwartet uns ein schwerer Tag.«

So gingen denn die Könige auseinander und legten sich zur Ruhe, allein sie fanden keinen Schlaf, und ihr Sinn war von Kummer und Sorge so düster wie die Nacht über Schlachtfeld und Meer.

Die Troer siegen abermals

Beim ersten Morgenrot flog Eris, die schlangenhaarige Göttin der Zwietracht, vom Olymp, stellte sich auf das Schiff des Odysseus und rief, die Hände als Schallrohr um den Mund gelegt, mit machtvoll entsetzlicher Stimme die Griechen zum Kampf. Agamemnon, der die Nacht in rastlosem Grübeln durchwacht hatte, mahnte die Achaier, sich rasch in Kampfordnung aufzustellen, dann legte er die hochberühmte Rüstung an, die Kinyras, der König von Zypern, ihm einst als Gastgeschenk verliehen und die unter den Wehren der Griechen und Troer nicht ihresgleichen hatte. Ringsum auf dem Unterleder des Harnischs wechselten zehn blauschimmernde Ringe aus Stahl mit zwölf Ringen aus Gold und zwanzig aus Zinn; den Halsschutz bildeten drei glänzende eiserne Drachen; das Schwert war aus Bronze, seine Scheide aus Silber, sein Griff aus Gold; den zwanzigmal gebuckelten Schild umliefen zehn eherne Kreise; auf dem vierkuppligen Helm prangte zum Schrecken der Feinde ein mächtiger Busch aus rotem Rosshaar, und die scharfen Blätter der beiden gewaltigen Lanzen blitzten schneidend im Morgenlicht. Als Hera und Athene den griechischen Feldherrn so herrlich gewaffnet erblickten, jauchzten sie schamlos laut und wild und sahen den König im Geist schon als Sieger durchs Skäische Tor stürmen.

So hob denn der Kampf wieder an, und Zeus eilte, wie am Vortag, auf den Gipfel des Idagebirges, lagerte sich in seinem geweihten Hain und sah voll Freude dem grässlichen Morden zu. Die Griechen nützten den Schwung des Angriffs und drängten die Troer, die sich, in sechs Heersäulen formiert, erbittert wehrten, vom Graben weg ins Schlachtfeld hinein. Jedes der Heere mähte im andern wie ein Schnitter im Roggenfeld; im Zentrum, allen voran, kämpfte Agamemnon; er fällte die Feinde wie ein ausgeruhter Holzhauer die ragenden Stämme des Hochwalds und sandte sieben Wagen mit erbeuteten Waffen und Rüstungen ins Lager. Die troische Schlachtordnung zerklaffte, und wie verheerendes Feuer ins dürre Gehölz, so brachen die Achaier mit ihrem Oberbefehlshaber in die Reihen des Gegners; Hektors Heer war erschüttert; sein Fußvolk floh; führerlose Kampfwagen, von scheuenden Rossen blindlings fortgerissen, polterten über die steinige Ebene, und hinter der unaufhaltsam vorstürmenden Front ließen sich Geier und Raben nieder und begannen hackend und schlingend ihr grausiges Mahl.

Agamemnon hatte schon viele Kämpfer zerhauen, doch er achtete sein Tagwerk als ein Nichts, wenn er Hektor nicht in den Staub strecke, der aber war nach hinten geeilt und versuchte die Fliehenden aufzuhalten. So lenkte Agamemnon seinen Kampfwagen gegen Iphidamas, einen thrakischen Krieger, dem es das Schicksal bestimmt hatte, unmittelbar nach der Hochzeit mit einer lang umworbenen Schönheit in König Antenors Heer nach Ilion zu ziehen. Iphidamas richtete seinen Speer auf Agamemnons Leibgurt und stieß, seiner Kraft vertrauend, zu; das Blatt krümmte sich jedoch an der Silberschnalle, und Agamemnon riss den Thraker, der die Lanze noch fest gepackt hielt, am Schaft vornüber und hieb ihm mit dem Schwert den Kopf ab. Das sah Koon, der Bruder des Geköpften, und überschäumender Schmerz erfüllte seine Brust. So musstest du, geliebter Bruder, von der Hand dieses Grausamen fallen, eh du dein lang umworbnes Weib berühren durftest!, dachte er und er stahl sich an Agamemnon heran und stieß ihm von hinten die Lanze dicht unter der Ellenbeugung in den linken Arm. Ein Schauer überrann den Getroffenen; er riss die Waffe aus seinem Fleisch und drang, des strömenden Blutes nicht achtend, mit dem Schwert auf Koon ein und enthauptete auch ihn. Solange das Blut noch heiß aus der Wunde quoll, setzte der Verletzte sein Mordwerk fort, doch als das Blut zu stocken begann und die Wunde verkrustete, war es Agamemnon nicht mehr möglich, den Schild zu halten, und es quälte ihn solch schneidender Schmerz, dass er seinem Rosselenker befahl, ins Lager zurückzufahren. Da Hektor dies gewahrte, erkannte er, dass nun sogar ein Gegenstoß möglich war, und wie ein wütender, hauerbewehrter Eber in eine Hundekoppel einbricht, so stürzte er sich wieder ins Getümmel und riss die wankenden und flüchtenden Trojaner zu neuem Vorsturm mit. In kürzester Zeit hatte er neun Gegner umgebracht: den Asaios, den Autonoos, den Opites, den Dolos, den Opheltios, den Agelaos, den Oros, den Aisymnos und schließlich den kampffreudigen Hipponoos; die Achaier begannen sich zur Flucht zu wenden, doch Odysseus und Diomed suchten mit äußerster Kraft Hektor aufzuhalten. Sie stritten Schulter an Schulter und töteten manchen tapfren Feind, und Zeus sah es mit großem Wohlgefallen, und als Hektor wahrnahm, dass sich um Odysseus und Diomed, diese Felsen in der Brandung, die Front wieder festigte, stürmte er laut schreiend wider die beiden an. Diomed sandte ihm seine Lanze entgegen; sie prallte zwar am hohen, dreikantigen Helm, einem Geschenk Apollons, ab, doch ihr Schwung war so groß, dass er Hektor aus dem Wagen warf und ihn betäubt ins Knie brechen ließ. Einen Herzschlag lang trat Nacht vor Hektors Augen, doch als Diomed mit dem Schwert sich einen Weg zu dem Gestürzten bahnen wollte, kam der Prinz wieder zu sich und rettete sich ins Getümmel, das den noch halb Ohnmächtigen an den linken Flügel spülte.

»Grausamer Apollon«, rief Diomed wütend, »immer betrügst du mich um die Früchte meiner Mühen! Wieder ist dieser Hund dem Tod entronnen; nun, sollen darum andere für ihn mein Eisen kosten!«

Also haderte Diomed, und während er missmutig und fast mechanisch einem Getöteten die Rüstung abzog, schoss Paris ihm einen Pfeil durch den Spann, der den Fuß des Argoskönigs an den Boden heftete. Da Paris den also Festgebannten schaute, sprang er hinter seiner Deckung, einem mächtigen Steinblock, hervor und verhöhnte seinen hilflosen Gegner; Diomed aber rief: »Paris, du Weichling und Weibling, prahlender Mädchenbeäugler, bald kommt die Stunde der Rache, dann werden nur mehr Geier und Krähen deinen weißen Leib umschwärmen!«

»Ich glaube eher, deine Stunde ist gekommen, festgenagelter König!«, rief Paris lachend und spannte erneut die Sehne zum todbringenden Schuss; Odysseus aber hatte den Freund schon mit seinem Turmschild gedeckt, so dass Diomed, wenn auch vor Schmerz schreiend, den Pfeil samt Widerhaken aus dem Fuß reißen konnte. Odysseus trug seinen Kameraden auf den Kampfwagen, doch die zerfleischte Fußwurzel quälte Diomed derart, dass er gleich Agamemnon ins Lager zurückkehren musste. So hielt denn Odysseus tapfer allein im Mittelfeld aus, und er streckte noch sechs seiner Feinde nieder, bis ein Speerwurf auch ihn verletzte und ihm das Fleisch von den Rippen schälte. Als die Troer sein Blut schießen sahen, bedrängten sie den Verwundeten in hellen Scharen; Odysseus rief dreimal mit löwengleicher

Stimme seine Freunde zu Hilfe, und der dritte Ruf erreichte denn auch das Ohr Menelaos', der auf dem rechten Flügel Seite an Seite mit dem Großen Ajax focht. Beide hieben sich zu Odysseus durch; Ajax deckte den Verletzten, und Menelaos führte ihn aus der Schlacht.

Nun war Ajax in großer Gefahr, eingeschlossen zu werden; er schlug wie ein Rasender um sich und trieb, den Doryklos tötend und den Pandakos, den Lysandros, den Pyrasos und den Pylartes, noch einmal einen Keil in die Reihen der Troer. Auch am linken Nachbarabschnitt, nah dem Skamandros, wo die Truppe des greisen Nestor und Idomeneus mit seinen Kretern wider Hektors Kernschar kämpften, drangen die Griechen noch einmal vorwärts, bis ein Pfeilschuss den unentbehrlichen Arzt Machaon, der den Verwundeten in der vordersten Reihe Hilfe erwies, in der Schulter traf, und Nestor den heilkundigen Mann, den ihrer hundert nicht hätten ersetzen können, auf seinem Streitwagen nach hinten fuhr. Als die pylischen Krieger ihren König sich zurückziehen sahen, wurden sie verwirrt, und die Troer gewannen Raum. »Hier sind wir nicht mehr nötig, Hektor«, sprach Kebriones, sein Wagenlenker, »lass uns dorthin eilen, wo der unbändige Ajax wütet!« Hektor nickte, und der Kampfwagen rasselte über zerhauene Schilde und entblößte Leichen zur Mitte hinüber. Blut troff von der Achse und spritzte von den malmenden Rädern; laut schreiend schwang Hektor den Speer und rüttelte ihn über dem Haupte, und nun sandte Zeus die gliederlähmende Furcht in des hünenhaften Ajax Herz. So wie ein Löwe vor lohendem Feuer zurückschrickt, so kam nun den Riesen ein Schauer vor Hektor an; er hakte seinen Schild auf den Rücken und floh, vom Hagel der Speere und Pfeile umschwirrt, zur Furt hinunter. Dreimal versuchte Ajax die Angst zu besiegen; dreimal wandte er seinen Verfolgern die Stirn zu, doch jedes Mal bezwang die Furcht den Helden und führte ihn rückwärts bis an den Graben, wo sich die Seinigen noch einmal zu sammeln versuchten.

Achill, der vom Hinterdeck seines Schiffes aus mit grimmiger Genugtuung die Niederlage der Achaier beobachtete, sah, dass Nestor einen Verwundeten in seinem Wagen zurückbrachte, und er sandte seinen Lieblingsfreund Patroklos aus zu erkunden, wer dieser Verwundete sei. Patroklos eilte zu Nestors Haus und gewahrte, dass der Verletzte kein anderer als der Arzt Machaon war. Nestor, der gerade einen Imbiss aus Zwiebeln, Wein und geriebenem Ziegenkäse zu sich nahm, lud den Myrmidonen ein, Platz zu nehmen und das bescheidene Mahl zu teilen; Patroklos aber fürchtete den Zorn Achills und lehnte ab. »Ach, wenn doch der Grausame nur von unseren Verlusten wüsste«, seufzte Nestor, »Hunderte der besten Krieger liegen gefällt; Diomed, Odysseus und der Oberbefehlshaber sind verwundet, die Troer stehen schon vor dem Graben, aber all das rührt das Herz des erbarmungslosen Mannes nicht an! Ach, wäre mir noch einmal meine Jugendkraft beschieden, nichts würde mich hier im Lager halten! Darum eile, Patroklos, Lieber, ich flehe dich an, und rede deinem Freunde zu, dass er wenigstens dich und das Myrmidonenheer in die Schlacht schickt, wenn er schon selbst nicht kämpfen will!«

»Ich werde ihm zusetzen, so gut ich's eben vermag«, erwiderte Patroklos, »denn wahrlich, das Leid der Achaier dauert mich!« Mit diesen Worten stand er auf und machte sich auf den Weg zu Achilles, doch ein verwundeter Krieger, Eurypylos mit Namen, dem ein Pfeil von Paris' Bogen im Schenkel steckte, rief den Kameraden an, ihm doch zu helfen, und Patroklos führte den Humpelnden in dessen Zelt, schnitt ihm mit dem Dolch den Pfeil aus dem Fleisch, bestreute die Wunde mit zerstoßenem, bitterem Heilkraut und tröstete den Schmerzgeplagten mit ermunternder Rede. Derweil aber verging die Zeit.

Die Troer dringen ins griechische Lager

Indes hatte Hektor Ilions Heer bis an den Graben herangeführt, aber vor den abschüssigen Wänden und den drohend starrenden, spitzen Pfählen scheuten die Rosse zurück, und Hektor erkannte, dass es unmöglich war, mit den Kampfwagen den Graben zu durchfahren. Er wandte sich darum zur Furt, die zum Tor führte, doch als er sich anschickte, sie zu überqueren, flog, von links her, dem Westen, der Richtung, die Unheil bedeutet, ein Adler mit einer zappelnden blutroten Schlange in den Fängen heran, und da er gerade rüttelnd über dem Heer in den Lüften verharrte, schnellte die Schlange hoch und schlug ihren Giftzahn in die Brust des mächtigen Vogels, der aufkreischend seine Fänge öffnete, so dass das Gewürm neben Hektors Kampfwagen fiel und sich dort im Staub wand, während der Adler, jammervoll schreiend, nach Westen zurückflog. Dies war ein Unheilszeichen, und einige troische Führer drängten ihren Feldherrn, vom Sturm auf das Lager abzusehen und in die Burg zurückzukehren, allein Hektor rief unwillig: »Zeus hat mir den Sieg versprochen, soll ich einem Vogel mehr Glauben schenken als dem König der Götter? Mag der Adler rechtsher oder linksher geflogen sein, wir haben keinen Grund, dem Allwaltenden zu misstrauen, und es gibt für uns auch nur *ein* Wahrzeichen: die Rettung der Vaterstadt! Doch ich weiß jetzt«, fuhr Hektor nachdenklich fort, »welche Botschaft mir der Erhabene schicken wollte: Er warnt uns, hier über die Furt zu setzen! Sicher haben die Feinde all ihre Verteidigungskraft an dieser engen Stelle zusammengezogen und würden uns einzeln mit Pfeilen und Lanzenwürfen abschießen, denn die Furt ist nicht breit, und es könnten nicht mehr als drei Wagen nebeneinander fahren. Wir Schwerbewaffneten wollen daher absteigen, als erstes Glied des Fußvolkes den Graben durchschreiten und das Lager an der ganzen Front angreifen, so dass die Verteidiger sich auseinanderziehen müssen. Dann erst werden wir den Hauptstoß aufs Tor führen!« So sprach der Feldherr; die Lanzenträger stiegen ab; Hektor ordnete sie in fünf Kolonnen, und Schild an Schild durchmaßen die Krieger, während ihre Rosselenker bei den Kampfwagen zurückblieben, den Graben und setzten mit markerschütterndem Geschrei zum Sturm auf den Wall und die Brustwehr an.

Da der troische Angriff begann, donnerte Zeus ihm freudigen Beifall und sandte vom Idagebirge herab einen Sturmwind, der den Griechen den Staub des Schlachtfeldes mit solcher Macht um die Köpfe wirbelte, dass sie, fast blind, schon mutlos wähnten, die sanfte Nacht selbst habe sich erzürnt und stürze mit beißendem Grimm auf sie nieder. Wie Hagel prasselten Staub und Steine auf ihre Schilde, die sie schützend vor die Gesichter hielten; die Troer aber beflügelte der Sturm; er trug sie den Wall hinauf vor die Brustwehr, wo sie versuchten die Zinnen einzustürzen und mit hebelnden Brechstangen die Türme ins Wanken zu bringen. Die Griechen wehrten sich mit verzweifeltem Mut und überschütteten die Angreifer mit einem Schauer von Pfeilen und Steinen, der so dicht flog wie ein Schneetreiben von Nordost. Viele Troer stürzten getroffen in den Graben, und auch den König Glaukos verwundete ein Geschoss Teukrers am Arm; er musste aus dem Gefecht scheiden, doch Zeus beflügelte den Kampfgeist seines, des Göttervaters, Sohns Sarpedon, dass dieser sich gelobte, nun für zwei zu kämpfen. Er durchstieß den tapfren Griechen Alkmaon und andere Verteidiger und riss dann mit bloßen Händen ein mächtiges Stück der Brustwehr ein. Die Lykier drängten in die offene Lücke; der Große Ajax und sein Bruder Teukrer warfen sich ihnen entgegen; Teukrer traf Sarpedons Panzer, verwundete ihn aber nicht, des Großen Ajax' Lanzenstoß hingegen durchstach den goldgerandeten Schild des Königs und warf den Anstürmenden ein Stück zurück. Allein die Lykier verloren den Mut nicht; immer wieder berannten sie die Lücke in der Mauer, darin mit ihrem Erz gekeilt nun die Griechen die Steine ersetzten. So tobte der Kampf lange Zeit auf der Stelle; den Lykiern gelang es nicht durchzubrechen und den Achaiern nicht, die Angreifer in die Flucht zu schlagen, und auch an den anderen Kampfplätzen längs der Brustwehr stand die Schlacht unentschieden, bis schließlich Zeus dem Helden Hektor übermenschliche Kraft verlieh. Der Troerprinz ergriff einen Feldstein, wie ihn zwei kräftige Krieger nicht einmal hätten am Boden wälzen können, stemmte ihn hoch über das Haupt und schmetterte ihn gegen das zweigeflügelte, mit dicken Balkenriegeln gesicherte Tor. Dumpf krachte der Marmorblock wider das Holz, das zerspellte; die schenkelstarken Riegel zerknickten wie dürres Geäst unter dem Fuß eines Wanderers; das Tor flog auf, und Hektor, von Zeus in schrecklichen Erzglanz gehüllt und wie eine Gewitterwolke furchtbar, sprang, in jeder Hand eine Lanze, mit mächtigem Satz in das Lager hinein. Seine Krieger drängten nach und gewannen mit gewaltigen Schwerthieben und Lanzenstößen rasch Boden, und da die Lykier um Sarpedon ihre Bundesgenossen schon innerhalb des Lagers sahen, rafften sie all ihre Kraft zusammen und brachen durch die Lücke, die Ajax vergeblich zu verteidigen suchte, und vereinigten sich mit Hektors Schar. Wie ein Fluss durch einen zertrümmerten Staudamm strömte nun das Priamosheer durch die beiden offenen Stellen; die Griechen aber stürzten in wilder Flucht den Schiffen zu, um sich dort, wo kein Raum für einen weiteren Rückzug mehr war, zur letzten Verteidigung zu sammeln.

Hera überlistet Zeus

Voll unbezähmbarem Groll hatte Hera vom Olymp herab die Siege der Troer ansehen müssen, und nun, da der Kampf schon fast bei den Schiffen tobte, war sie entschlossen, den Griechen zu helfen. Sie wagte zwar nicht, dem Götterkönig, der immer noch auf dem Ida saß, offen zu trotzen, sondern sann auf eine List. Sie bat Poseidon, sich unsichtbar zu den Griechen zu gesellen und dort ihr Zeichen abzuwarten, dann eilte die Hohe in ihr Gemach, wusch ihren unsterblichen Leib mit duftender Ambrosia und salbte ihn mit den köstlichsten Narden- und Rosenölen, kämmte und ordnete ihre goldenen Locken und flocht sie kunstvoll um Stirn und Nacken, legte darauf das silberschimmernde, von Athenes Hand gewirkte Gewand an, schloss es über der Brust mit einer goldenen Spange, schmückte sich mit Ohrgehängen, Ringen und einem Stirnreif, und so, schleierumhüllt, im Glanz ihrer Schönheit nur der Sommersonne vergleichbar, trat sie vor Aphrodite und bat sie um eine Gefälligkeit. »Aber vielleicht, liebes Töchterlein«, so setzte die Himmelskönigin sofort nach diesen Worten hinzu, »vielleicht zürnst du mir, da ich den Griechen beistehe, derart, dass du mir die Bitte im vornherein zu verweigern gedenkst; wenn dies so ist, Liebes, will ich sie gar nicht erst aussprechen, um dich nicht zu behelligen!«

So schmeichelte Hera, und die in allen Listen der Liebe so wohlerfahrene, in den Dingen des Kriegs und Streites jedoch arglose Schönheitsgöttin schüttelte eifrig den Kopf. »Fern sei es von mir«, erwiderte sie, »dich, die gefeierte Herrscherin, zu erzürnen; sprich, was du von mir begehrst, und wenn es nur irgendwie in meiner Macht steht, will ich dir jeden Wunsch erfüllen!«

»So leihe mir«, sprach Hera, »deinen berühmten Zaubergürtel, der die Herzen aller Götter und Menschen mit unstillbarer Liebe zu beseelen und sie jeden Groll vergessen zu lassen vermag. Ich will zu meinen alten Pflegeeltern, dem Okeanos und der Thetis, eilen, die, was mich schmerzt, in heftigem Zwist widereinander hadern; es drängt mich, ihre Herzen zu versöhnen, denn nichts hasse ich mehr als Zank und Streit.«

So sprach Hera, und Aphrodite reichte ihrer Freundin willig den berühmten buntgestickten Gürtel, in den alle Zauberreize der Liebe eingeflochten sind: das schmachtende Verlangen, der sehnsüchtig flehende Blick, die schmeichelnde Bitte, das kosende Wort und die heißlodernde Inbrunst, die selbst den Weisesten und Abgeklärtesten berückt. Heras Herz jubelte, da sie den Zauber anlegte; sie dankte Aphrodite mit heuchlerischen Worten und eilte vom Olymp zur Erde hinab. Dort wanderte sie von Bergzug zu Bergzug und von Insel zu Insel, ohne jemals mit ihrer geweihten Sohle das steinige Land oder die salzige Meerflut zu berühren, und suchte Hypnos, den Gott des Schlafes und Zwillingsbruder des Todes, in seinem Tempel zu Lemnos auf. »Mächtiger Schlaf, der du die Götter wie die Sterblichen alle beherrschest«, so redete Hera den Jüngling mit der Mohnblüte im schwarzen Haar an, »du könntest mich dir zu ewigem Dank verpflichten, wenn du mit mir nach dem Ida eiltest, den Götterkönig ein wenig einzuschläfern. Ich will dir für diesen geringen Dienst einen Sessel und einen

Schemel aus purem Gold schenken, dass deine Füße beim Mahl recht behaglich ausruhen können!«

So sprach die Königin, doch der Gott des Schlafes erschrak, als er ihre Bitte hörte. »Jeden Wunsch will ich dir erfüllen, hohe Allwalterin«, erwiderte er ehrerbietig, »jeden anderen der Unsterblichen, selbst Okeanos, den Ewigflutenden, der rastlos die Erdscheibe umspült, würde ich auf deinen Wunsch ins Reich der Träume hinüberschicken, nur Zeus wage ich mich nicht ungerufen zu nahen, denn ich fürchte seinen maßlosen Zorn. Einmal schon hast du, Königin, mich beredet, den Allgewaltigen einzuschläfern, damit du seinem Sohn Herakles schaden und ihn von einem wütenden Nordwind auf die Insel Kos wehen lassen konntest; ich habe nach deinem Willen gehandelt, und das ist mir, wie du weißt, höchst übel bekommen: Der Erwachte ist mir zornbebend nachgestürzt und hätte mich in Stücke gerissen und ins Meer geworfen, wäre meine Mutter, die Nacht, nicht gerade zur Stelle gewesen, mich unter ihrem allesverhüllenden Mantel zu bergen! Nun willst du mich, Königin, ein zweites Mal zu solch unheilvollem Werk anstiften?«

Dies erwiderte Hypnos, doch er bestand nicht mehr auf seiner Weigerung, als Hera versprach, ihm die schöne Jungfrau Pasiteia, eine der drei Göttinnen der Anmut, die von dem schüchternen Hypnos schon lange, doch bislang vergeblich, umworben wurde, als Ehegemahlin zuzuführen. Feierlich beschwor die Götterkönigin dieses Gelöbnis, dann schritten die beiden, in Nebel gehüllt, dem Ida zu, wo sich der Gott des Schlafes in Gestalt eines Nachtvogels auf einer Tanne niederließ, um Heras Zeichen abzuwarten. Als Hypnos sich derart verborgen hatte, trat Hera aus der Wolke, und der Blick des Göttervaters fiel auf sie, die Gesalbte und herrlich Geschmückte, und da Hera den Zaubergürtel Aphroditens trug, achtete der Allwalter nicht mehr der Schlacht vor den Schiffen, er war nur noch von dem glühenden Verlangen erfasst, seine Ehegemahlin in die Arme zu schließen. Er fragte, wohin sie sich begebe, und Hera trug ihm leichtzüngig das Märchen vor, das sie schon Aphrodite aufgetischt hatte; sie redete in unbefangenem Plauderton und tat, als wolle sie weitereilen; Zeus jedoch trat ihr bärisch plump und ungestüm in den Weg und versuchte sie zu umfangen und an sich zu ziehen. Die Himmlische sträubte sich heftig, seine Umarmung vor den Blicken aller Unsterblichen zu dulden; sie redete dem in ungestümer Leidenschaft Entflammmten zu, zum Olymp zurückzukehren, wo sie, so flüsterte sie in Zeus' Ohr, dem Gatten im Schlafgemach keinen Wunsch versagen werde; Zeus aber, in nackter, tierhafter Lust vergehend, hüllte eine undurchdringliche Wolke um den Gipfel des Ida, und in dem Augenblick, da sein Verlangen gestillt war, träufelte der Spender des Schlafs Mohntau auf die Lider des Götterkönigs, und willenlos schlummerte der Allmächtige in den Armen des listigen Ehweibs ein.

Poseidon führt die Griechen zum Gegenstoß

Als der Götterkönig solcherart in tiefen Schlaf gesunken war, schoss Hypnos auf Heras Geheiß zu Poseidon und meldete dem Gott des Meeres die gelungene List. Dies war der Augenblick, auf den Poseidon gewartet hatte; er schrie wie ein ganzes Heer auf und stürzte sich in seiner göttlichen, den Ida überragenden Gestalt ins dichteste Getümmel. »Vorwärts, Achaier«, schrie er, in der Linken den Dreizack und in der Rechten sein Schwert, das einem flammenden Blitz gleicht, schwingend, »vorwärts, Achaier, ich selbst, Poseidon, werde euch führen! Nehmt unerschrocken die mächtigsten Lanzen und Schwerter und folgt mir zum Sieg!«

So rief der Gott mit erderschütternder Stimme, und das Meer donnerte wild an das Gestade, da es das Wort seines Gebieters hörte, und die Seeungeheuer tauchten aus ihren smaragdenen Tiefen und peitschten mit schuppigen Flossen und Schweifen die kochende Flut. Von neuem Mut beflügelt, sammelten sich die Reihen der Griechen, und auch die verwundeten Könige traten geheilt und gekräftigt an ihren Platz. Mit Schwert und Dreizack stürzte sich Poseidon in die Reihen der Troer, die, obwohl sie vor dem schwarzgelockten Oberen schauderten, den Griechen tollkühnen Widerstand leisteten. Hektor schleuderte seinen Speer auf den Großen Ajax; der Wurf war gut gezielt, doch die Lanze blieb im dichten Leder, dort, wo der Schildriemen mit dem Schwertriemen sich kreuzte, stecken, und noch ehe der Troerprinz sein Schwert ziehen konnte, traf ihn ein Stein, von Ajax geschleudert, über den Schildrand hinweg an die linke Brust. Hektor taumelte zurück; er drehte sich wie ein Kreisel und stürzte dann, ein entwurzelter Eichbaum, betäubt in den Staub; Schwert und Schild entklirrten seiner Hand, und auch der Helm löste sich von seinem Haupte. Die Achaier jauchzten voll Freude und sandten ihre Speere nach dem Liegenden, aber Agenor, Sarpedon und Aeneas schützten den Feldherrn so lange mit ihren Schilden, bis der hilflose Leib Hektors aus dem Gefecht getragen worden war. Ein Wagen brachte den Verletzten ans Ufer des Skamandros, dort bettete man ihn ins Gras und benetzte Brust und Angesicht des Leblosen mit Wasser; für einen Augenblick kam Hektor auch wieder zur Besinnung: Er richtete den Oberkörper auf und spie schwarzes Blut aus, doch als er versuchte, sich aufs Knie zu zwingen, umfing ihn abermals finstere Nacht, und er lag wie tot.

Nun, nach Hektors Fall, kämpften die Griechen mit verdoppeltem Eifer; der Große Ajax mähte seine Feinde in Schwaden dahin: Dem Sadnios schlitzte er die Weiche auf, dem Archilochos zerschnitt er mit der Lanze die Wirbel und Sehnen des Halses, und dem Hyrtios durchstach er Auge und Gehirn. Der junge, schnellfüßige Nestorssohn Antilochos tötete den Mermeros und den Phalkes, Meriones den Hippotion und den Morys, Teukrer den Protheon und den Periphetes; die Troer wehrten sich heldenmütig und sandten manchen der Achaier in den schaurigen Hades, jedoch Poseidons männervertilgendem Schwert, der todbringenden Lanze des Großen Ajax und den schnellen, blitzgleichen Angriffen seines lokrischen Namensvetters hielten sie nicht lange stand. Sie mussten das Lager räumen und wurden von den Griechen über Mauer und Graben hin zu ihren Kampfwagen zurückgedrängt, wo sie sich verzweifelt bemühten, eine geschlossene Abwehrfront zu errichten. Da aber erwachte Zeus auf dem Ida aus seinem Schlaf.

Zeus greift ein

Zeus, vom Kampfgetöse geweckt, erwachte und fand sich, von Finsternis umwölkt, in Heras Armen. Er sprang auf, zerblies mit heftigem Atem den selbstgeschaffenen Nebel, und sein Adlerauge sah die von Poseidon geführten Griechen das Troerheer über den Graben werfen, und der Blick des Allgewaltigen erspähte auch Hektor, der am Ufer des Skamandros bleich in seinem ausgeworfenen, gestockten Blut lag. Da verdüsterte sich das Antlitz des Himmelskönigs, und mit drohender Stimme wandte er sich an sein Eheweib.

»Arglistige tückische Hera«, so redete er, »mit bösem Betrug hast du meinem erklärten Willen zuwidergehandelt und den Achaiern Beistand geleistet! Eben noch habe ich die Troer vor den Schiffen erblickt, und nun sehe ich sie geschlagen und auseinandergesprengt bei ihren Kampfwagen vor dem Graben, und dies alles ist dein ruchloses Werk! Denkst du denn nicht mehr daran, wie ich dich Aufsässige, die schon einmal mit Poseidon eine Verschwörung wider mich anzetteln gewollt hat, mit meinem Gürtel gezüchtigt und an den Händen ans Himmelsgewölbe gekettet habe, wo du, jedes Bein mit einem Amboss beschwert, zehn Tage lang hilflos zwischen Himmel und Erde schwebend geächzt und gebrüllt hast und keiner der Götter der Heulenden zu Hilfe geeilt ist! Nun sehe ich abermals eine Verschwörung: Poseidon ist wider meinem Willen im Feld, der Schlaf hat mich ungerufen übermannt, und du scheinst den bösen Plan zu lenken: Gelüstet es dich nach einer noch härteren Strafe?«

»O grimmiger Gebieter«, erwiderte Hera, »was tust du mir doch für ein bittres Unrecht an! Ich schwöre dir beim Himmel, bei der Erde, bei deinem heiligen Haupt und deiner geweihten Lagerstatt, dass nicht ich es gewesen bin, die Poseidon zum Kampf angetrieben; sein eigenes Herz muss ihm dies eingegeben haben; ich jedenfalls habe keinen Anteil daran. Und außerdem wirst du dich ja wohl erinnern, dass nicht *ich* es gewesen bin, die diese Wolke um uns geschaffen hat!«

So redete die Göttin, und Zeus vermochte ihr nicht gut zu widersprechen; mürrisch hieß er sie in den Olymp zurückkehren und rief gleichzeitig Iris und Apollon zu sich: die Götterbotin, damit sie Poseidon den

Befehl seines Königs überbringe, auf der Stelle das Schlachtfeld zu räumen, und Apollon, dass er den verwundeten Hektor heile und wieder kriegstüchtig mache. »Nimm meinen Aigisschild und führe die Troer bis zu den Schiffen«, sprach der Göttervater, »dann zieh dich zurück und überlasse das weitere Walten mir!«

Apollon eilte, das Gebot des Königs zu erfüllen, und ebenso schnell überbrachte Iris Poseidon den Befehl. Der Meergott, der gerade den Graben durchqueren und weiter unter die Troer fahren wollte, hieb zornig mit dem Schwert auf den Boden und sprach: »Das heißt mir aber sehr hochmütig befohlen; was erlaubt sich eigentlich Zeus, mir seinen Willen aufzuzwingen? Drei Söhne hat Mutter Rhea einst dem Vater Kronos geboren: den Zeus, den Hades und mich, und als Gleichberechtigte haben wir die Welt untereinander ausgelost: Die Oberwelt mit ihren luftigen Höhen ist Zeus zugefallen, mir das rauschende, fischdurchwimmelte Meer und Hades die schaurige Unterwelt; die Erde mit ihren Menschen jedoch besitzen wir alle gemeinsam. Also regiere er sein Drittteil und mische sich nicht in die Sachen der anderen!« – »Soll ich, du Zürnender, Schwarzgelockter, dem Allvater deine Worte so überbringen, wie du sie ausgesprochen hast?«, fragte Iris. »Oder möchtest du sie etwas freundlicher fassen? Bedenke, dass Zeus der Erstgeborene ist und dass es dem Jüngeren ziemt zu gehorchen, mag dies auch manchmal schmerzlich sein!« – »Es ist, Iris«, erwiderte Poseidon, »verständig von dir, den Grollenden zu besänftigen und ihn zum Nachgeben zu ermahnen! Ich will mich, wenn auch unwillig, jetzt zurückziehen, doch eines sage ich dir unmissverständlich: Wenn Zeus es wagt, meinem Willen und dem Heras, Athenes und Hephaistos' auf die Dauer zu trotzen und Ilion doch noch den Sieg zu geben, wird er in uns allen einen unstillbaren Zorn erregen! Er soll's nicht auf die Spitze treiben!«

Also sprach Poseidon zur dienenden Iris Worte, die er zu Zeus nie gesprochen hätte, danach verließ er gehorsam das Schlachtfeld, und als die Griechen ihn plötzlich vermissten und andrerseits den wunderbar geheilten Hektor wie einen Löwen wieder in den Kampf stürmen sahen, begriffen sie, dass sie den Göttervater selbst wider sich haben mussten, da kein anderer den Meergott von der Walstatt hätte zurückrufen können. Verzagt wollten sie zu den Schiffen fliehen, allein Thoas, ein mutiger und kaltblütiger Krieger, beschwor die Tapfersten aller Stämme, sich zu sammeln und eine feste Phalanx hinter dem Graben zu bilden; die Troer würden, so versicherte er, zurückschrecken, wenn sie solcherart die besten Helden Schwert an Schwert vor sich erblickten. Also reihten sich Idomeneus, Meriones, Teukrer, Menelaos und die anderen Könige und Fürsten um die beiden Ajax; das Fußvolk aber zog sich bis zum Lager zurück.

Der Kampf um die Schiffe

Hektor, auf seinem Kampfwagen, flog dem Heer voran, und neben ihm stand, unsichtbar, Apollon, und deckte seinen Erwählten mit dem graueneinflößenden Aigisschild. Die Achaier überschütteten die Stürmenden mit einem Schwall von Speeren, Steinen und Pfeilen, doch Apollon sprang, am Graben angelangt, vom Gefährt und ebnete, mit den Füßen stampfend und mit dem Aigisschild schaufelnd, in Sekundenschnelle Graben, Wall und Brustwehr ein. In breiter Front stürmten die troischen Kampfwagen vorwärts und zersprengten in wenigen Minuten die Phalanx der Verteidiger, und so wie die Meereswoge im brüllenden Orkan klatschend über dem verfolgten Boot zusammenschlägt, stürzten sich die Troer nun über das Lager, die letzte griechische Bastion.

Die Verteidiger hatten sich Schild an Schild vor den Schiffen gesammelt und kämpften, so wie Eber um sich hauen, die von speerschwingenden Jägern eingekreist sind; mit kraftvollen Lanzenstößen und Schwerthieben wehrten sie alle Angriffe der Troer ab, die Apollon wieder verlassen hatte, und wenn es ihnen auch nicht gelang, den Feind zurückzuschlagen, so gelang es den Troern trotz allen Anfeuerungen Hektors ebenso wenig, die Front zu durchbrechen und Feuer an die Schiffe zu legen. Der Große Ajax kämpfte mit einer zweiundzwanzig Fuß langen Schiffslanze vom Deck der Schiffe herab; so wie ein Reitkünstler im Viergespann von dem Rücken eines dahingaloppierenden Pferdes auf den eines anderen springt, so sprang er von Schiff zu Schiff dahin, wo die Not am größten war, und drängte mit grimmigen Lanzenstößen die Stürmenden zurück. Er tötete Laodamas, den Führer des Fußvolkes, einen Sohn Antenors, und Hektor wieder erstach den Griechen Schedion; Menelaos tötete den Dolops, der Troer Polydamas den Otos, und so ging das Gemetzel fort, und Kroismos fiel und Melanippos und viele andere, und Hektor, Schaum vor den Lippen, rannte wie ein Besessener wider die Schiffe, einen Einbruch zu erzwingen, aber die Schilde der Griechen, dichtgefügt wie ein Fels, trotzten all seinem Wüten. Da drückte Zeus selbst mit gewaltiger Hand den Troerprinzen und dessen Heerschar durch den Block der Verteidiger bis zum vordersten Schiff, das einem Fürsten namens Protesilaos gehörte, so dass Hektor das Steuerruder fassen konnte. Teukrer, der vom Deck herab seine Geschosse versandte, spannte seinen Bogen, einen Pfeil in die ungeschützte Hand zu jagen, allein Zeus zerriss die Sehne, die der Schütze am Morgen erst frisch eingezogen hatte. Weinend vor hilfloser Wut, warf Teukrer den Bogen fort und griff nach der Lanze, und auch der Große Ajax war zu dem bedrohten Schiff geeilt und machte allein zwölf der Stürmenden nieder; alles Erz aber, das wider Hektor gezückt wurde, stieß Zeus zur Seite. »Wir sind verloren, Bruder«, rief Teukrer mutlos, »der Götterkönig selbst hat sich gegen uns verschworen!« So sprach der Grieche verzagt und ließ die Lanze sinken; Hektor aber schrie mit weithin hallender Stimme nach Fackeln und Helmen voll Kohlenglut, das Schiff, an das seine Hand sich noch immer klammerte, in Brand zu stecken.

Achill schickt die Myrmidonen ins Feld

Patroklos saß, indes der Kampf um die Schiffe tobte, am Lager des verwundeten Eurypylos, und er war eben dabei, den Stöhnenden mit tröstenden Reden und dem Erinnern an gemeinsame Heldentaten von seinen heftigen Schmerzen abzulenken, doch als er sah, wie Hektor die Phalanx vor den Schiffen durchbrach, hielt es ihn nicht länger an der Seite des Freundes, und er stürzte zu Achill, der auf dem Vorderdeck seines schwarzgetakelten Seglers saß und voll grimmiger Genugtuung dem Wüten der Troer zusah.

»Warum weinst du, Patroklos?«, sprach Achill zu seinem Gefährten, dem in der Tat Tränen in den Augen standen, »du gleichst ja einem Mädchen, das heulend der Mutter nachläuft, sie an der Schürze zupft und quengelt, auf den Arm genommen zu werden! Was ist dir denn widerfahren, Lieber? Sind schlechte Nachrichten von der Heimat eingetroffen? Aber dann müsste ich ja auch davon wissen! Oder dauern dich etwa diese Griechen, die da so prachtvoll von Hektor gezüchtigt werden?«

So sprach Achill, obwohl er genau wusste, weshalb die Tränen des Freundes strömten. »O Achilles«, erwiderte Patroklos, »zürne mir nicht, wenn ich dir das Elend des Heeres vor Augen führe! Fast alle der Tapfersten sind gefallen oder liegen verletzt; pfeilwund ist Diomed, lanzenwund Odysseus und auch, verzeih, Agamemnon, ja selbst der Arzt Machaon ist schwer getroffen. Keiner als du kann nun mehr die Rettung bringen, du aber, du Grausamer, bleibst unbeugbar! Wahrlich, nicht Peleus und Thetis können dich gezeugt und geboren haben, die finstere, kalte Meerflut allein muss, als sie donnernd an die ragende Felswand angeschmettert, dein Erschaffer gewesen sein! Sende darum wenigstens mich und die Myrmidonen den Brüdern zu Hilfe, leih mir deine Rüstung, dass ihr Anblick die Troer erschrecke, vielleicht ist es uns dann vergönnt, die Feinde aus dem Lager zu jagen!«

So flehte Patroklos und wusste nicht, dass er um den eigenen Tod bat, und der herrliche Achill sprach wieder von der Schmach, die Agamemnon ihm angetan, da er ihm als Einzigem aller Könige das Beutegut, die holde Jungfrau Briseïs, abgenommen, und er zählte abermals auf, wie viele Städte er dem Habgierigen zu Füßen gelegt und mit welch schnödem Undank ihm dieser all die Mühen vergolten, und draußen tobte der Kampf um das Schiff des Protesilaos, und Achill schüttelte die Fäuste und schrie: »Wie einen ungeachteten Fremdling hat mich dieser Mann behandelt; nein, ich kann ihm das nicht vergessen! Es bleibt dabei, ich werde erst kämpfen, wenn meine Schiffe in Gefahr sind, da du aber so inständig bittest, Patroklos, so nimm denn meine Rüstung und meine Waffen und führe die Krieger ins Gefecht! Wahr ist's, die Griechen sind arg bedrängt, aber das ist nur ihre eigene Schuld, sie haben es ja geduldet, dass mir Agamemnon mein Ehrengeschenk gestohlen, ach, dieser Hundsfott von Oberbefehlshaber! So eile denn, Lieber, zögre nicht länger, stürze dich den Troern entgegen, aber höre auf mein Wort: Treibe sie nur aus dem Lager und kehre dann sofort zurück! Ich will ja, dass *sie* nach mir senden und dass Agamemnon selbst mich bittet; auf den Knien soll er vor mir rutschen und mich anflehn, das soll meine Genugtuung sein! Doch Schluss mit den Worten, spute dich, Guter, aber lasse dich ja nicht von Ruhmsucht verleiten, die Troer bis Ilion zu jagen; wende nur die äußerste Gefahr ab und ziehe dich dann augenblicklich zurück! Vor allem aber hüte dich, mit Hektor zu kämpfen, das sei einzig mir vorbehalten!«

Da Achilles dies sprach, sah er, dass dem Großen Ajax der Kampf immer schwerer fiel; Lanze um Lanze krachte an seinen Panzer so wie Axthieb um Axthieb an eine ragende Eiche prallt, den zähen Stamm schließlich doch zu fällen; der Riese keuchte, und der Schweiß troff ihm vom Gesicht, doch er widerstand noch immer, wenn er auch nur noch mit Mühe den riesigen Schiffsspeer führen konnte. Er stieß gerade wieder zu, da hieb Hektor mit einem gewaltigen Schwertstreich die blutige Lanzenspitze vom Holzschaft; klirrend fiel das Erz zu Boden; nochmals und nochmals stach der Hüne mit der verstümmelten Waffe auf den Feind ein, der nun seiner Ohnmacht lachte, dann hatte der Große Ajax, der Turm in der Feldschlacht, wohl erkannt, dass Zeus den Sieg der Troer beschlossen haben musste, und diese Erkenntnis lähmte ihn derart, dass er, das stumpfe

Holz in Händen, wie versteint auf dem Deck stand und nicht vermochte, zum Schwert zu greifen. In diesem Augenblick schleuderten die Trojaner lohende Pechfackeln auf das Schiff, dessen ausgedörrtes Holz im Nu in Flammen stand; Feuer wogte ums Steuer und fraß sich über die Ruderbänke, und Achill trieb Patroklos zur Eile an. In fünf Kampfscharen ordnete der Pelide seine Myrmidonen, die wie gierige, Fraß und Beute witternde Wölfe eilends in Rudeln zusammenströmten, und Patroklos legte indes die berühmte Rüstung Achills an, ergriff anstatt der Lanze mit dem Eichenbaumschaft, die der junge Held nicht zu heben vermochte, zwei mächtige Speere, dann flog sein Wagen, von den unsterblichen Rossen Xanthos und Balios, Geschöpfen des Sturmwinds, gezogen, seinen Kriegern voran ins Gefecht. Wie ein Schwarm wilder Wespen, deren Nest ein mutwilliger Knabe zerstört hat und die nun brausend ausschwirren, sich zu rächen, so stürzten sich die Myrmidonen über den völlig verwirrten Gegner.

»Achill greift an!« – »Achill ist erschienen!«, so schrien einander die Troer zu, und Patroklos in des Achilles Rüstung jagte ins Getümmel um das brennende Schiff und durchstieß dem König Pyraichmes, dem Führer der Paionen, die aufseiten Königs Priamos kämpften und die Brandfackel geschleudert hatten, das rechte Schulterblatt. Pyraichmes stürzte zu Boden; sein Volk floh kopflos und riss die andern Troer mit sich, und die Myrmidonen trieben, indes die Griechen das prasselnde Feuer löschten, die überrumpelten Feinde von den Schiffen zurück. Dieser Vorstoß entflammte die Kampfwut der anderen Achaier: Menelaos drang mit heftigen Lanzenstößen in die feindlichen Reihen; Ajax hatte sich wieder gefasst und zum Schwert gegriffen; Idomeneus rannte mit Speeren wider die Troer, die Hektor vergeblich noch einmal zum Gegenangriff zu führen versuchte. Wie eine Wolke, die der Sturm zerfetzt, so zersprengte nun der griechische Angriff das Priamosheer, und als Hektor erkannte, dass das Kriegsglück herumschwang und eine Katastrophe drohte, rief er die Seinen zur Flucht auf und raste, allen voran, gen Ilion.

An Widerstand war nicht mehr zu denken; in zügelloser Flucht jagte das Troerheer über das Schlachtfeld; hier stürzte und dort mancher Wagen im steinigen Gelände; die nachfolgenden fuhren auf; Geschirre verwirrten, Gestelle verschränkten sich; scheuende Pferde rasten, Gestrauchelte niederstampfend, in sperrige Deichseln; Räder lösten sich von den Achsen und holperten, gespenstische rumpflose Glieder, über die Walstatt, und aus den Trümmern zerschellten Holzes scholl das grässliche Schreien der Gestürzten und das wilde Gewieher der verwundeten Rosse. Staub wirbelte zum Himmel, und Patroklos flog, von den unsterblichen langmähnigen Rennern, die in mächtigen Sätzen die Knäuel der zertrümmerten Wagen übersprangen, fast über das Erdreich gehoben, den Flüchtenden nach; er hatte im Kampfrausch den Auftrag Achilles', sofort umzukehren, völlig vergessen, und sein Sinn stand ihm nur danach, Hektor einzuholen. Im Dahinrasen tötete er, wer ihm vor die Lanze kam; er wütete wie ein Wolf unter den ratlos durcheinanderquirlenden Schafen, bis endlich Sarpedon, der Lykierkönig, erkannte, dass seine Männer allesamt verloren waren, wenn sie sich so widerstandslos abschlachten ließen. Er sprang von seinem Wagen, fing eine Schar der Fliehenden auf und versuchte eine Abwehrfront zu bilden, und als Zeus dies gewahrte, erfüllte Wehmut sein Herz. Denn Sarpedon war ja sein Sohn – den allmächtigen Oberen gefiel es oft, mit sterblichen Frauen Kinder zu zeugen, und auch die hehren Göttinnen gaben sich ungescheut nach ihren Launen und Lüsten manchem Erdensohn hin –, und der Allwaltende dachte schon daran, den Bedrohten zu retten und aus der Schlacht zu tragen, allein da in diesem Krieg bereits viele Söhne anderer Unsterblicher gefallen waren, entschloss er sich, dem Verderben seinen Lauf zu lassen, und er hatte kaum diese Entscheidung getroffen, da raffte auch schon Patroklos den Lykierkönig durch einen Lanzenstoß ins Zwerchfell dahin.

Die Phalanx, die sich um Sarpedon gebildet hatte, wurde durch des Königs Tod rasch wieder aufgelöst, und Patroklos wütete wie zuvor unter den Flüchtenden, um schließlich zum Sturm auf die Stadtmauer anzusetzen. Da nun Apollon erkannte, dass die Griechen die Burg zu erobern drohten, hüllte er sich in Nacht und schritt auf Patroklos zu. Der zog sein Schwert, seine Krieger zum entscheidenden Angriff zu führen, da schlug ihm der unsichtbare Gott mit der flachen Rechten zwischen die Schultern, so dass der Held zu wanken begann und Schwindel ihn ankam, und der strahlende Gott hieb dem Wehrlosen das Schwert aus der Hand und stieß ihm den Helm vom Kopf und zerbrach ihm die Lanze und zerriss ihm Schild und Panzerriemen, so dass der Taumelnde ungerüstet im Feld stand. Die Griechen wollten ihrem Führer zu Hilfe eilen, allein Apollon drängte sie mit dem Aigisschild zurück, so wie eine Knabenhand Käfer wegfegt; Patroklos wankte und brach in die Knie, und Hektor sah ihn stürzen und sprang herbei und rannte dem Hilflosen den Speer durch Bauch und Rücken, und als die Trojaner das sprudelnde Blut ihres ärgsten Feindes erblickten, schrien sie mit Hektor ihren Triumph zum Firmament.

»Frohlocke nicht allzu laut, Hektor!«, stöhnte der Sterbende, dem nun, wie allen Erdensöhnen in der Minute, da die Seele enteilt, ein Blick in die Zukunft verliehen war. »Frohlocke nicht allzu laut«, sprach Patroklos, »bald wirst du, von Achilles gefällt, wie ich hier im Staube liegen und den scharfen Stachel des Todes spüren!«

Nach diesen Worten verstummte der Mund des jungen Helden für immer; Hektor jedoch achtete nicht auf diese Worte; er setzte dem Verröchelnden die Ferse auf den Schenkel und riss mit einem Ruck den Speer aus dem sterbenden Leib. Dann raubte er des Toten Waffen und die Rüstung Achills und trug sie zurück, sie sich selbst anzulegen, und die Troer schickten sich schon an, auch den Leichnam des Patroklos fortzuschleppen, um ihn den Hunden zum Fraß vorzuwerfen, da waren die Griechen wieder bis zu dem entseelten Körper ihres Helden vorgedrungen, und Menelaos umkreiste, schildbewehrt, das Schwert in der Rechten, den toten Freund und streckte jeden nieder, der sich dem Leichnam zu nahe wagte.

Indes war Hektor in der Rüstung Achills ins Getümmel zurückgekehrt, und als Menelaos den Stürmenden in dem schwarzschimmernden Harnisch erblickte, rief er den Großen Ajax um Beistand an. Ein wilder Kampf hob an; die herrlichsten Helden versammelten sich zur Schlacht, den Leichnam Patroklos' zu schützen oder zu rauben, und wieder zogen, wie Fledermäuse flatternd und mit ihren stummen Mündern unhörbar klagend, die Seelen der Gefallenen in Scharen dem finsteren Hades zu.

Schließlich aber begannen unter den Schlägen Hektors und Aeneas' die Reihen der entmutigten Griechen zu wanken; Idomeneus, der Kreterkönig, wandte sich schon zur Flucht, da hieß Menelaos den schnellfüßigen Antilochos zu den Schiffen eilen und Achill die Kunde vom Tode seines Lieblingsfreundes und von der Gefahr, die dessen entseeltem Leib drohte, überbringen. Antilochos jagte davon; Ajax aber warf sich mit wütenden Schwerthieben noch einmal unter die Troer und drängte sie so weit zurück, dass Menelaos und Meriones den umkämpften Leichnam an Armen und Beinen fassen und aus dem Getümmel schleppen konnten. Unter der Last keuchend, rannten die beiden dem Lager zu, und Ajax schritt hinter ihnen und deckte sie mit Schwert und Schild wie ein wandernder Hügel; die Reihen ringsum aber lösten sich auf, und die Achaier stoben in wilder Flucht davon wie vor dem niederstoßenden Habicht eine schwirrende Finkenschar.

Jammer um Patroklos

Achill stand vor seinem Schiff und blickte voll Unruhe auf das Schlachtfeld, wo er nun die Griechen, von den Troern verfolgt, dem Lager zueilen sah. Er erspähte auch seine schwarze Rüstung, und sein Herz frohlockte, dass Patroklos lebe, doch gleich darauf verwunderte er sich, dass der Träger dieses Harnischs in den Reihen der Feinde focht. In diesem Augenblick nahte atemlos und mit Tränen in den Augen Antilochos, und als der schnellfüßige Jüngling den Myrmidonenkönig erblickte, fiel er ihm zu Füßen und stieß schluchzend die Worte hervor: »Jammergeschick vernimmst du, Achilles; Hektor hat den teuren Patroklos getötet und der Rüstung beraubt, und nun kämpfen die Griechen um den nackten Leichnam des Heldenjünglings!«

So sprach Antilochos, und Achilles stand, vom Blitz dieser Botschaft getroffen, eine Weile bewegungslos; schließlich beugte er sich stumm nieder und raffte zwei Hände voll schwarzen Staubes und Asche und streute sie über sein Haupt und beschmierte sich damit Gesicht und Gewand, dann stürzte er zu Boden und lag stöhnend auf der steinigen Erde und raufte das gelockte Haar. So sahen ihn die Mägde, die ihm und Patroklos einst zur Beute gefallen waren, und sie begriffen, was sich ereignet hatte, und jammerten um den milden, guten Herrn und schlugen sich mit der Hand vor die Brust und sanken schluchzend ins Knie und umringten so den Helden, der im Staub lag, und die Bäche ihrer Tränen strömten wie Quellen. Antilochos fasste Achills Hände; er fürchtete, der Trauernde könne sich mit dem Dolch die Kehle durchtrennen, und Achilles litt es, und Tränen stürzten aus seinem Auge, und dann heulte er im tiefsten Schmerz auf wie ein Hund. Dies hörte seine Mutter Thetis, die wieder bei ihrem Vater Nereus im Gewölbe aus schimmernden Muscheln saß, und nun schluchzte, da ihr lieber Sohn dermaßen wehklagte, auch die Unsterbliche in herzzerschneidendem Leid. Sie zu trösten eilten all die Göttinnen herbei, die das funkelnde Meer bewohnen und die man Nereiden nennt: Glauke und Kymodoke und Thaleia und Speio; Nesaia, Thoe, Halia, Limnoreia und Melite; Jaira kam und Agaue, Doto, Dynamene, Protho, Kallianeira, Dexamene, Amphinome, Pherusa, Doris und Panope; die herrliche Galateia fuhr in ihrem Muschelwagen zu der Schluchzenden, und ihr folgten Nemertes, Apseudes, Kallianassa, Janaira, Klymene, Janassa, Maira und Oreithya und schließlich auch die schönumlockte Amatheia, die eine Mondsichel aus Bernstein in ihrem Schwarzhaar trägt.

Diese Göttinnen und alle ihre Gespielinnen und Bediensteten füllten die silberne Grotte und umringten Thetis, die jammernd sprach: »Wehe mir armen, unglückseligen Mutter, der es bestimmt war, einen Helden zu gebären; kurz nur, eine knappe Spanne Zeit, währt das Leben meines geliebten Kindes, und doch ist es angefüllt von Jammer und Qual! Was für ein Herzeleid mag ihm wohl nun widerfahren sein, dem Söhnchen? O trauriges Los einer Mutter, die Helden zur Welt gebracht hat!«

So sprach die Göttin und fuhr durch das funkelnde Meer und wanderte zu den Schiffen, und da sie ihr Kind heulend im Staub sah, beugte sie sich zu ihm nieder und fragte nach dem Quell seines Leids. »Rede, mein Kind«, so sprach sie zu ihm, »welch Kummer dich quält! Geschah nicht alles, was du erbeten; hat Zeus nicht unsere Bitte erhört? Sind die Achaier nicht schimpflich geschlagen, ist Agamemnon nicht gedemütigt, ist ein Schiff seiner Flotte nicht in Brand gesteckt worden? Jubeln müsstest du und triumphieren, da alles nach deinem Willen verlaufen ist, und nun schluchzest und klagest du!« – »Ach, was frommt mir die Genugtuung noch, liebste Mutter«, entgegnete Achill, »wenn mein Patroklos dafür als Preis in den Hades gefahren ist! Hektor hat ihn erschlagen, Mutter, Hektor hat ihn der herrlichen Waffen und der Rüstung beraubt, die Vater Peleus mir einst geschenkt hat, und ich habe sie dem Freund noch mit eigenen Händen angelegt! Nicht mehr leben will ich, wenn es mir nicht vergönnt ist, an diesem hündischen Troer Rache zu üben und den Verruchten niederzustrecken!«

Da seufzte Thetis tief auf und sagte: »Söhnlein, herzallerliebstes Söhnlein, bald ist, wenn du so redest, dein Leben verwirkt! Das Schicksal hat deine Sterbestunde wenige Tage nach Hektors Ende angesetzt; bedenke drum: Wenn du Hektor tötest, so sprichst du dir selbst das Todesurteil aus!«

So warnte die besorgte Mutter, allein Achilles umfing ihre Knie und sagte, er wünsche auf der Stelle zu sterben, wenn ihm das Schicksal die Rache missgönne, und der Held schlug seine Brust mit den Fäusten und sprach: »Nie werde ich mich von dem Vorwurf reinigen können, Patroklos im Kampf nicht zur Seite gestanden zu haben! Verflucht sei der Zorn, der selbst den Weisen zu unsinnigen Taten hinreißt! Nun sitz ich hier jammernd am Saum des Meeres, eine unnütze Last der Erde, ein waffenloser, müßiger Mann! Wahrlich, verblendet und töricht bin ich gewesen, als ich mich dieses Hundfotts Agamemnon wegen vom Kampf zurückgezogen habe! Doch nun will ich wieder in die Schlacht gehen; einem jeden ist ja die Schicksalsstunde bestimmt, und wenn mein Leben nicht mehr lang währt, so will ich es doppelt und dreifach nützen, den Hades mit Troerseelen zu bevölkern. Wehre mir das, liebste Mutter, nicht länger; ich müsste sonst deinem Gebot zuwiderhandeln!«

Da seufzte Thetis abermals, doch da sie den festen Sinn ihres Sohnes kannte, strich sie ihm sacht übers Haar und sprach: »Nun denn, mein Kind, so handle, wie dein Herz es dir eingibt, doch warte, Liebes, noch bis zum Morgen; ohne Waffen bist du ja und ohne Rüstung, und selbst der Tapferste kann nicht mit blanken Fäusten wider Gepanzerte ziehn! Ich will zu Hephaistos eilen und ihn bitten, dir eine Wehr zu schmieden, wie sie kein Sterblicher noch besessen, so lang noch halte dich zurück, geliebtes Kind!«

Mit diesen Worten löste sich Thetis von ihrem Sohn und glitt mit ihren Begleiterinnen ins Meer zurück; Achilles aber verharrte weiterhin voll stummem Leid im Staub.

Achill erscheint im Feld

Indes hatte die Spitze der fliehenden Achaier die Schiffe erreicht; die Schützer des toten Patroklos aber, Ajax, Menelaos und Meriones, waren noch ein gutes Stück vom Graben entfernt. Dreimal hatte Hektor Ajax zur Seite gestoßen und nach dem nackten Fuß des Gefällten gegriffen, und dreimal hatte der Große Ajax, zu dem sich nun auch sein Namensvetter durchgekämpft hatte, den Troerprinzen zurückgeschlagen. Doch alle vier, die beiden Totenträger und ihre beiden Verteidiger, waren schon sehr ermattet, und Hektor hätte sich zweifellos des Leichnams bemächtigt, wäre Iris nicht auf Heras Geheiß zu Achilles geeilt. »Was säumst du, Peleussohn!«, so rief sie ihm zu, »was säumst du und jammerst und klagst, indes Hektor sich jetzt vielleicht schon anschickt, Patroklos den Kopf abzuhauen, sein Hirn den Raben vorzuwerfen und den Schädel auf einen Pfahl vor euer Lager zu pflanzen! Dein wird die Schmach sein, wenn der Leichnam verstümmelt wird!«

»Wie soll ich denn ungerüstet in die Schlacht gehn?«, erwiderte Achill, »meine Mutter ist zu Hephaistos geeilt, ihn um neue Waffen zu bitten, und sie hat mir geboten, so lange hier im Lager zu warten; meine Männer sind alle im Feld, und von den Verwundeten hier wüsste ich keinen, dessen Rüstung mir passte! Was kann ich da anderes tun als auf die Kraft des Ajax zu hoffen!«

So redete Achill voll Bitterkeit; allein Iris stärkte seinen Mut. »Geh nur getrost, Achill«, so sprach die Götterbotin, »gehe getrost und zeige dich am Graben; Hera wird dir beistehen, vielleicht vermag schon dein bloßer Anblick die Troer zu schrecken!«

Da erhob sich Achilles und war entschlossen, auch mit nackten Fäusten in den Kampf zu gehen; Athene aber fuhr vom Olymp zur Erde nieder und hängte dem Helden den Aigisschild mit den lohenden Augen der Gorgo um die Schulter, sein Haupt aber krönte sie mit Feuer, das heller glühte als ein Goldhelm im grellsten Sonnenlicht. Also gewappnet stürmte Achill dorthin, wo einst der Graben sich gezogen, und er stellte sich hinter die zertrümmerte Brustwehr und schrie von dort mit donnerdröhnender Stimme ins Troerheer hinab, und Athene verstärkte den Hall seiner Kehle, dass sein Ruf wie hundert Trompeten klang. Löwenhaft schmetterte die Stimme des Helden über das Schlachtfeld, und ein Entsetzen kam die Troer an, da sie den gefürchtetsten Feind mit lohender Feuerkrone hinter der Brustwehr sahen; ihre kampferprobten, schöngemähnten Rosse bäumten sich auf und wichen entsetzt zurück, und dreimal brüllte Achill übers Schlachtfeld, und dreimal flüchteten die Trojaner in solcher Verwirrung, dass durch scheuende Pferde und malmende Räder zwölf ihrer Krieger getötet wurden.

So ward denn der Leichnam des Patroklos unversehrt zurückgetragen und sogleich auf eine Bahre gebettet. Indes war die Nacht hereingebrochen, und die Trojaner fanden sich, noch ehe sie sich zum Mahle begaben, zu einer Ratsversammlung ein, und die Furcht vor Achill steckte ihnen noch derart in den Gliedern, dass sie sich nicht niederzusetzen wagten, um jederzeit fluchtbereit zu sein. Stehend also hielten sie Rat, und Hektors Freund Polydamos, der mit dem Troerprinzen zur gleichen Stunde geboren worden war, begann als Erster zu sprechen und riet, eine Feldschlacht fortan zu vermeiden und sich auf die Verteidigung der Stadt zu beschränken; Hektor aber wandte ein, dass Zeus ihm den Sieg verheißen habe und es unbillig und frevelhaft sei, dem Wort eines der Unsterblichen, und nun gar des Götterkönigs, zu misstrauen. »Seht doch«, rief Hektor, »das feindliche Heer ist doch schon mächtig angeschlagen; Graben und Brustwehr bieten kein Hindernis mehr; wir haben schon den Brand in die Schiffe geschleudert, und wenn wir die Achaier unter Patroklos besiegt haben, werden wir sie auch schlagen, wenn Achill sie führt! Drum Schluss mit dem Geschwätz vom Rückzug; morgen im ersten Dämmern des Frührots wird der Sturm auf die Schiffe fortgesetzt, und wer etwa hofft, sich seiner Pflicht durch feige Flucht entziehen zu können, der möge ja nicht glauben, heil davonzukommen: Mein eigenes Schwert wird ihm das Leben kürzen!«

So redete Hektor, und die Troer spendeten seinen Unheilsworten jubelnden Beifall. Dann nahmen sie ihre Abendkost ein und schlugen ihr Lager vor der Stadtmauer auf. Sie verdoppelten ihre Wachen, denn sie fürchteten einen nächtlichen Überfall, jedoch Achilles und seine Myrmidonen sorgten sich unermüdlich um den toten Freund. Sie wuschen den Leichnam mit heißem Wasser, salbten ihn mit Öl, bestrichen seine Wunden mit neun Jahre lang gelagerter Salbe, hüllten dann den gereinigten Leib in schimmernde Leinwand und bahrten ihn feierlich auf mehrere nebeneinandergestellte Betten auf. Schweigend umstanden sie das letzte Ruhelager des Gefällten, und Achilles hob die Hände zum Himmel und schwor: »Wahrlich«, so sprach er, »auch mir ist es bestimmt, hier vor Troja zu fallen, und das gleiche Erdreich wird dereinst mich wie den lieben Gefährten bedecken, doch ehe dies geschieht, Patroklos, werde ich das Haupt dieses mördrischen Hundes zu deinen Ehren auf den Scheiterhaufen legen, und zwölf trojanische Jünglinge, die Blüte Ilions, will ich zu deinem Gedenken schlachten und dir als Totenopfer weihn! Doch bis sich dies vollzogen hat, Lieber, ruhe hier auf den geschnäbelten Schiffen!«

So schwor Achill, und dann klagte er mit all seinen Kriegern die ganze Nacht hindurch an der Bahre des Freundes, und die kalten, schweigenden Sterne sahen seinen Schmerz, und er jammerte auch sie.

Hephaistos schmiedet Achill eine neue Wehr

Thetis hatte Hephaistos in seinem Palast angetroffen und ihn, den Kunstsinnigen und Unermüdlichen, am Blasebalg schwitzend gefunden, wo er gerade zwanzig räderbestückte goldene Dreifüße schuf, die fähig waren, von selbst durch die Runde der Gäste zu rollen und ihnen einen belebenden Trunk anzubieten. Die Gefäße waren beinah fertig; nur noch die goldenen Henkel fehlten dem Wunderwerk, und Hephaistos hämmerte gerade die feinen Nägel, mit denen sie an die gebauchten Schalen geheftet werden sollten, doch als er die anmutige Göttin in seiner rußigen Werkstatt erblickte, legte er die Arbeit zur Seite und bot ihr einen Stuhl aus getriebenem Silber an. Dann reinigte er mit einem Schwamm Hände, Gesicht und auch die zottige Brust, legte sein Schurzfell ab und zog sich den Leibrock über, und schließlich reichte er der hohen Besucherin die Hand und fragte nach ihren Wunsch. »Ich werde es dir nie vergessen, Thetis«, so sprach er, »dass du mir damals, als Zeus mich aus dem Himmel geschleudert, zur Seite gestanden bist und mich neun Jahre lang vor seinem wütenden Zorn verborgen hast. Sprich darum ungescheut aus, was du begehrest; wenn es in meiner Macht steht, will ich's erfüllen.«

»Ich bitte für meinen lieben Sohn«, sprach Thetis, und sie berichtete dem Beherrscher des Feuers von der Not Achills und bat ihn, dem geliebten Kinde neue Waffen und eine Rüstung zu schmieden, und Hephaistos erhob sich sofort und humpelte auf seinen schwachen Beinen zur Esse. Zwanzig Blasebälge, von künstlichen Silberhänden bewegt, entfachten und dämpften nach Bedarf die Glut der Öfen, und der göttliche Schmied stellte Eisenerz und Gold und Silber und Zinn getrennt in Tiegeln in die sausenden Flammen, rückte den Amboss zurecht, ergriff mit der Rechten den Hammer und mit der Linken die Zange und begann sein Werk. Zuerst schmiedete er den schützenden Schild: Den Rand flocht er aus drei blanken Goldsträhnen zusammen und fügte daran das Silbergehenk; das Schildrund selbst schuf er aus fünf erzenen kreisrunden Platten, die in ihrer Größe jedoch nach der Mitte zu abnahmen, so dass nur die mittelste – sie war von Gold – als volle Scheibe, die darunterliegenden kupfernen und zinnernen aber jeweils als Ringe erschienen. Auf dem mittelsten Rund bildete Hephaistos die Erde ab und das wogende Meer und den Himmel mit Sonne und Mond und allen seinen Gestirnen; den ersten Gürtel schmückte er mit dem Abbild zweier reich bevölkerter Städte: des holden Friedens sich erfreuend die eine, von Kriegsvolk belagert und in offener Feldschlacht umkämpft die andere. Auf dem zweiten Gürtel pries der kunstreiche Schmied in prachtvollen Szenen die Mühe des Ackerns, des Mähens und der Weinlese; den dritten Ring zierte er mit Bildern aus dem Hirtenleben, und auf dem äußersten Gürtel prangte der erdumfließende Ozean. Als der Schild in solch kunstvoller Schönheit vollendet war, schmiedete Hephaistos einen Harnisch, der im Glanz lebendigen Feuers strahlte, hierauf einen mächtigen Helm mit Schläfenschutz und einem goldenen Bügel für den Haarbusch, Bein- und Knöchelschienen aus feinem Zinn, und schließlich ein Schwert von der Schärfe des Blitzes, und Thetis nahm alle die Wehrstücke in ihren Arm, als ob es Flaumfedern wären, und flog damit durch die Esse der Schmiede zur Erde empor.

Achilles wird versöhnt

Am nächsten Morgen traf Thetis den Sohn noch immer trauernd vor der Bahre des Patroklos an. Schweigend legte die silberfüßige Göttin Rüstung und Waffen vor ihrem Kind nieder, und als der Held das schimmernde Erz sah, mischte sich in seiner Seele die Trauer mit wilder Freude zu grimmigem Zorn. Seine Augen strahlten unter den dichten Wimpern wie Gluten; er wog jedes Schmiedestück in seiner Hand und setzte sich den Helm aufs Haupt und fand ihn so genau passend, als wär er nach Maß gearbeitet worden, und er schloss bewegt die Mutter in die Arme und sprach: »Wahrhaftig, diese Waffen hat ein Gott geschmiedet, kein Sterblicher könnte so ein Wunder von

Schönheit und Trefflichkeit schaffen! Ich will sogleich die Rüstung anlegen, doch eine Bitte hat dein Kind noch, beste Mutter: Die Nacht über habe ich gewacht und alle Fliegen vom Leichnam des lieben Freundes abgewehrt, nun aber fürchte ich, dass sie ihn, wenn ich im Kampf stehe, befallen und ekles Gewürm in seinen Wunden brütet; wenn du dies abzuwenden vermagst, dann tue das deinem Sohn zuliebe!«

»Siehe, hier sind Nektar und Ambrosia, liebes Kind«, sprach Thetis, »ich will sie dem Toten in die Nase tropfen, dann wird, so lang er auch liegen möge, sein Leib nicht in Verwesung übergehn.« Sie handelte sogleich nach ihren Worten, und Achill rüstete sich nun unbesorgt, dann ging er ans Meer hinunter und rief mit hallender Stimme die Griechen zur Ratsversammlung. Alles Volk, auch die Ruderer und Steuermänner, ja selbst die Bäcker, Köche und Hirten, strömte zusammen; es erschienen die Fürsten, und auch Diomed und Odysseus humpelten, auf ihre Speere sich stützend, zur Küste, und zuletzt fand sich selbst der wundkranke Agamemnon ein. Als die Griechen versammelt waren, erhob sich der Pelide und sprach: »König Agamemnon, der du unser vereinigtes Heer führst, wir haben töricht gehandelt, uns eines Mädchens wegen zu zanken und zu zerstreiten: Daran haben nur Hektor und seine Trojaner Gefallen gefunden, die Achaier aber hat dieser unselige Hader viel Blut und Jammer und Schmerzen gekostet! Vergangen sei daher das Vergangene; es hat mich zwar bitter gekränkt, dass du mir als Einzigem meine wohlverdiente Beute genommen hast, doch nun ist mein Groll besänftigt, lass uns darum nicht mehr länger reden! Befiehl den Achaiern, sofort ins Feld zu ziehen, und wir werden sehen, ob es die Feinde noch einmal gelüstet, nah unseren Schiffen der Ruhe zu pflegen!«

So sprach Achilles, und Agamemnon erhob sich. »Freunde und Krieger«, so redete der Oberbefehlshaber, »Freunde und Krieger, Genossen des Ares, oft habe ich mich wegen dieses Vorfalls gerügt, aber die Hauptschuld trage nicht ich, sie trägt wohl die schreckliche Eris, die Göttin der Zwietracht, die mich damals in der Versammlung verblendet haben muss. Ihr unheilvolles Wirken ist ja bekannt, und jeder weiß, dass sie selbst Zeus so manches Mal verleitet hat, mit Hera zu streiten; ist solcherart selbst der Vater der Götter von ihr bezwungen worden, um wie viel leichter hat da einer der Irdischen ihr erliegen können! Doch sei dem wie immer: Ich will dir, Achilles, alle versprochenen Güter treulich übereignen; schon sind meine Herolde gesandt, sie hierher zu schaffen und Briseïs, die, ich wiederhole meinen Schwur, ich nicht berührt habe, samt sieben anderen blühenden Jungfrauen ehrenvoll in dein Haus zu führen!«

So sprach Agamemnon, und er sprach es verlegen und stockend und mit niedergeschlagenem Blick; Achilles aber erwiderte, es stehe dem Oberbefehlshaber zu, Geschenke zu gewähren oder auch zu verweigern, und er möge handeln, wie er es für richtig halte; jetzt aber sei keine Zeit für große Reden, nun hätten nur mehr die Schwerter und Lanzen das Wort. Voll Eifer wollte er die Achaier schon ins Feld rufen, Odysseus aber riet, vor der Schlacht noch ein Frühmahl zu nehmen, dies sei, so meinte er, auch die schicklichste Gelegenheit für Agamemnon und Achilles, ihre Versöhnung zu beschwören.

So geschah es denn auch; Agamemnon ließ einen Eber herbeischaffen, schnitt dem Opfertier das Stirnhaar ab und verteilte es unter den Kriegern und Königen, dann betete er zu Zeus um Gehör und Segen, zertrennte dem Tier die Kehle und schwor, während das rauchende Blut zur Erde schoss, in aller Form Versöhnung, und ein Gleiches tat Achill. Das geschlachtete Tier wurde, wie es bei solcherlei Eidschwüren Brauch war, ins Meer versenkt, und die Herolde, die unterdessen eingetroffen waren, stellten vor allem Volk Agamemnons Sühnegeschenke aus: sieben dreifüßige Kessel, zwanzig Becken, zehn Barren lauteren Golds, zwölf Rosse und sieben untadelige, vieler Handwerkskünste kundige Frauen, und schließlich führte Odysseus selbst die holde Briseïs vor Achill. Dann setzten sich die Helden zum Mahle, doch Achilles erklärte, er werde solange Speise und Trank verweigern, ehe er nicht seinen Freund gerächt und den mördrischen Hektor zum Hades gesandt habe. »Hass sei meine Nahrung und Rachgier meine Labe«, so sprach der Held und begab sich in sein Gemach und legte die neugeschaffene Rüstung an, die sich so genau um seine Glieder und Gelenke schloss, dass er ihre Last kaum spürte und glaubte, zum Reigentanz anstatt ins Gefecht zu gehen. Sein Wagenlenker Automedon hatte die Rosse schon angeschirrt und saß, Zügel und Geißel in der Rechten, auf dem Vordersitz; Achilles, im Erz strahlend wie der Sonnengott, schwang sich hinter ihm aufs Trittbrett, doch ehe Automedon die Zügel anzog, redete Achilles die beiden unsterblichen Rosse an. »Xanthos und Balios«, so sprach er, »ihr treuen Gefährten, möge es euch heute beschieden sein, euren Herrn nach der Schlacht wohlbehalten ins Lager zurückzubringen und ihn nicht wie seinen lieben Freund tot im Feld vor dem Feind zu lassen!«

Da neigte Xanthos, dem es gegeben war, mit menschlicher Zunge zu reden, sein Haupt so tief, dass die üppige Mähne niederwallend die Erde berührte, und sprach: »Heute bringen wir dich wohl noch als Lebendigen heim, Achilles, aber der Tag deines Verderbens ist nahe. Und schilt uns nicht, herrlicher Held, ob des Tods deines Freundes! Apollon selbst hat ihn mit der Hand auf den Rücken geschlagen, so dass er ohnmächtig hingestürzt ist; wir haben's nicht hindern und wehren können! Denn wenn wir auch schneller sind als der wirbelnde Westwind: Dem Schicksal vermögen wir dennoch niemanden zu entführen, auch dich nicht, vielgeliebter Herr!«

So redete Xanthos voll Trauer; Achill aber entgegnete unmutsvoll: »Was, Xanthos, treibt dich, mir den nahen Tod zu weissagen? Willst du mich schrecken? Das wird dir nicht gelingen; ich weiß ja längst von meiner Mutter, dass es mir bestimmt ist, vor Troja zu fallen; bis dahin aber will ich noch manche tapfere Arbeit tun!«

So sprach Achill, dann lenkte Automedon das Gefährt in die beginnende Schlacht, zu der die Achaier so dichtgeballt und stürmend eilten wie Schneeflocken im scharfen, schneidenden Nordost.

Achill sucht Hektor

Wie ein fressender Brand durchs ausgedörrte Gehölz braust, so jagte das griechische Heer übers Schlachtfeld, und vor ihm her flog, leibhaftiges Feuer, Achill. Die Troer, eine Woge aus schimmerndem Erz, zogen ihnen entgegen, und durch die Lüfte rauschte unsichtbar, doch schrecklicher als aller blinkender Stahl der Lanzenblätter und Klingen, die Schar der Himmlischen, denen Zeus nun erlaubt hatte, sich nach ihrem Belieben in den Kampf einzumischen. Ares und Apollon eilten sofort ins Lager der Troer und Hera wie Pallas Athene zu den Griechen; eine Gruppe anderer Götter aber, die später am Kampf teilzunehmen begehrten: Hephaistos, Aphrodite, Poseidon, Hermes und Artemis, die Göttin der Jagd, ließen sich, vorerst noch abwartend, in Gestalt von schwarzen Krähen und Raben auf den Tannen am Fuße des Ida nieder.

In Achill brannte nur die Begierde, Hektor zu finden. Wie ein Bergmann einen Schacht ins Gestein treibt, so grub er sich eine Bahn durch das Erz des feindlichen Heeres: Er durchstieß dem Iphition den Kopf und ebenso dem Antenorsohn Demoleon, stach im Vorbeirasen dem Hippodamas den Speer durch den Rücken und tötete dann den Polydoros, den jüngsten der fünfzig Priamossöhne, der zum ersten Mal in der Schlacht stand, durch einen Speerstoß ins Gedärm. Heulend brach der Jüngling in die Knie, und diesen Todesschrei hörte sein Bruder Hektor. Er verließ den linken Flügel, wo er bisher gekämpft hatte, und stürmte gegen den Peliden an. »Näher heran, du elender Mörder!«, schrie Achill ihm entgegen, »näher heran, dass du eilends das Totenreich schaust!«

Hektor schleuderte die Lanze, doch Athene, die schützend hinter Achilles stand, hauchte das Geschoss an, so dass es einen Augenblick flatternd in der Luft stand und zurück vor Hektors Füße trieb. Nun holte Achill zum Stoß aus, und nun behütete Apollon seinen Schützling: Er trug ihn zum linken Flügel zurück und zauberte vor Achilles ein Trugbild aus Nebel, das der Myrmidone dreimal mit dem Speer durchstieß, ehe er die Täuschung wahrnahm. »So bist du Hund mir wieder entronnen!«, brüllte der Genarrte, »Apollon hat dich noch einmal gerettet, erbärmlicher Feigling, und dennoch wirst du meinem rächenden Schwert nicht entgehen!«,

Mit diesen Worten stürzte sich der Held wieder in den Kampf, und er zerhieb erst den Dryops, dann den Laogonos, dann den Dardanos, dann den Mulios, den Echeklos und den Rhigmos; der junge Tros fiel ihm vor die Füße und flehte, sich ergebend, um sein Leben, doch Achill zerschnitt ihm mit dem Schwert die Leber und tötete dann den Deukalion und dann den Areithoos, und so wie breitstirnige Stiere im Joch über das Feld stampfen, weiße Gerste zu dreschen, so allzermalmend drang Achilles ins Heer der Trojaner, und seine Rosse trabten über zerspelltes Erz und die Körper der Toten, und Achill durchmaß, immer auf der Suche nach Hektor, wie eine Seuche die Reihe des Feindes, bis er an das Ufer des Flusses Skamandros stieß.

Achilles kämpft mit dem Flussgott

Ein Teil der Trojaner war stadtwärts geflohen, um Achills Wüten zu entgehen; ein anderer hatte sich ans Ufer des mächtigen Flusses Skamandros geflüchtet und dort unter der überhängenden Böschung wie Fische unter vorspringenden Steinen Schutz gesucht. Als Achilles das Gewimmel am Flussufer sah, lehnte er die Lanze an einen Tamariskenstrauch, zog sein Schwert und begann nun, das Ufer abwandernd, ein grässliches Schlachten; er hieb auf alles ein, was sich bewegte; Geschrei und Geröchel überhallte das Tosen der Fluten, und das Wasser wurde rotes Blut. Der Held hieb und stach so lange mit dem Schwert, bis sein Arm erschlaffte, und als er das Schwert nicht mehr heben konnte, fing er mit bloßen Händen zwölf Jünglinge, fesselte sie mit ihren eigenen Schwertriemen und gebot seinen Myrmidonen, die Gefangenen ins Lager zu bringen und wohl zu verwahren, sie seien zur Opferung am Scheiterhaufen des lieben Freundes Patroklos bestimmt.

Da Achilles mit den Gefangenen beschäftigt war, versuchten einige der Troer, die das Gemetzel überlebt hatten, schwimmend das andere Ufer zu erreichen, doch die schwere Rüstung zog sie alle auf den Grund; andere wieder begannen den Uferhang zu erklimmen, um ihr Heil in der Flucht nach Ilion zu suchen, doch als Achilles dies bemerkte, nahm er seine Lanze auf und rannte den Emporkletternden entgegen. Der Erste, der das Hochufer erreicht hatte, war Lykaon, ein Sohn des Priamos, den Achill schon vor Jahren gefangengenommen und als Sklaven nach Lemnos verkauft hatte, von wo zu entkommen es dem Königssohn vor wenigen Tagen gelungen war. Ohne Helm, Schild und Lanze, schweißüberströmt und völlig erschöpft, hatte der Prinz das feste Land erreicht, und nun sah er sich plötzlich dem Fürchterlichen gegenüber, der ihn anstarrte, als sähe er einen Spuk. »Was für ein Wunder erblick ich da«, sprach der Pelide, »nun werden ja wohl auch alle die Troer, die ich niedergemetzelt habe, aus dem Hades zurückkehren, wenn der nach Lemnos Verkaufte plötzlich den Fluten des Skamandros entsteigt! Gut also: Wollen wir sehen, ob er auch aus dem Totenreich heil wieder hierherfindet!« So redete Achill und hob den Speer und schleuderte ihn nach dem Waffenlosen; Lykaos jedoch unterlief das Geschoss, warf sich vor seinem Gegner nieder und umschlang schutzbittend dessen Knie. »Erbarme dich meiner und schone mich, edler Achilles«, so flehte der Kniende, »bin ich doch als Gefangener einst dein Schützling gewesen und habe ich doch viele Nächte unter dem Dach deines Hauses verbracht! Für hundert Stiere hast du mich damals verkauft; das Dreifache will ich dir geben, wenn du mir nur das Leben lässt. Erst zwölf Tage weile ich wieder in Ilion, und schon wieder bin ich in deine Hände gefallen; ach, nur für allzu kurze Zeit hat meine Mutter mich Ärmsten geboren!«

So flehte der Jüngling, und seine Rede bewegte Achill; der Pelide musste an die Worte seiner eigenen Mutter, die auch des Sohnes allzu kurzes Leben bejammert hatte, denken, und er hätte dem Jüngling jetzt wohl auch ohne Lösung das Leben geschenkt, wäre dem Troerprinz nicht die Torheit angekommen, gerade in diesem Augenblick den verhasstesten Namen auszusprechen. »Schenke mir das Leben, herrlicher Held«, so hatte er fortgesetzt; »schenke mir das Leben, denn wisse: Ich bin gar kein leiblicher Bruder Hektors, der dir den Freund erschlagen hat, ich entstamme einer anderen Mutter Schoß!«

So unbedacht hatte der Flehende geredet, und als Achill jenen Namen hörte, schoss ihm wieder die schwarze Galle ins Blut und schwemmte all sein Mitleid fort. »Schwatze mir nicht von Auslösung, Narr«, so herrschte er den Wehrlosen an, »bevor Patroklos ermordet worden ist, hat man durch solche Bitten mein Herz noch rühren können, und ich habe jeden, der sich ergeben hat, auch geschont; nun aber muss jeder Troer, der in meine Hand gerät, und gar erst ein Priamossohn, in den Hades hinunter! Also stirb denn auch du, Lieber, da Patroklos gestorben, der doch weit herrlicher und kraftvoller als du gewesen ist!«

Mit diesen Worten stieß Achilles dem Jüngling das Schwert durch die Kehle, dann packte er den Erlegten am Fuß und warf ihn in die wandernden Fluten. »Fahre du hin als Nahrung der Fische!«, rief er höhnend, »mag dich Skamandros in den Hellespont tragen! Denn nichts, so zeigt sich, nützen euch Troern all die stattlichen Stiere und Rosse, die ihr dem Flussgott so viele Jahre geopfert habt! Er wird mich nicht abhalten, euch allesamt auszurotten!«

So höhnte Achilles, und dem Flussgott Skamandros – denn alle Flüsse und Bäche und Quellen und Grotten und Teiche waren ja damals von Göttern bewohnt – schwoll zornig das Herz. Du sollst nicht länger mehr meine Wässer mit Blut und Verwesung füllen, dachte der Gott, da war Achill schon gegen einen zweiten Troer, der sich an der Böschung hinaufgearbeitet hatte, den Asteropaios, angerannt; der aber floh nicht wie sein Gefährte, sondern stellte sich, in jeder Hand einen Speer – er wusste die Waffe gleichermaßen mit der Linken wie mit der Rechten zu führen –, dem Myrmidonen zum Kampf.

»Wer bist du, Unglücklicher, der du mir zu widerstehen wagst?«, fragte Achill verwundert, und Asteropaios schleuderte mit seinem Namen zugleich beide Lanzen auf den Gegner, doch beide prallten von Hephaistos' Schild ab, und das eichengeschäftete Geschoss, das Achill nun sandte, verfehlte den Gegner und drang bis zur halben Länge ins Erdreich ein. Der tapfere Troer versuchte verzweifelt, die gewaltige Lanze aus dem Boden zu ziehen, doch er vermochte die riesige Waffe keinen Fingerbreit zu bewegen, und der Pelide hieb ihn über dieser Arbeit mit dem Schwert zusammen, beraubte den Gefallenen seiner Rüstung, warf den Körper wieder in den Fluss und setzte sein Gemetzel unter den Überlebenden, die versuchten, sich ins Erdreich der Böschung einzuwühlen, fort. Er schlachtete den Thersilochos und den Mydon und den Astypylos, den Thrasios, Mnesos, Ainios und Ophelestes und zählte die Zahl der Gefällten nicht mehr und löschte nur noch Leben und Leben und Leben, bis der Flussgott in Menschengestalt aus der strudelnden Tiefe tauchte und dem Helden mit dröhnender Stimme zurief: »Du mörderischer Mensch, wenn dir schon Zeus die Macht verliehen, alle Trojaner auszurotten, so achte doch wenigstens die Fluten! Kämpfe auf dem freien Feld, wie es der Brauch ist, und wende dich von meinen Gestaden ab! Das Flussbett ist verstopft mit Toten, kaum vermag ich meine Gewässer ins Meer zu ergießen, lass ab von mir, ich gebiete es!«

»Der Unsterblichen einer bist du, Skamandros«, entgegnete Achilles, »also will ich dich auch nach Gebühr ehren, zuerst aber muss dies Ungeziefer da samt und sonders ausgemerzt sein!« Mit diesen Worten sprang der Held den Uferhang hinunter, denn sein Schwert vermochte die Troer, die sich in die Böschung eingegraben hatten, nicht mehr zu erreichen; als aber Achill den Strom berührte, schwoll dieser wütend an und warf alle seine Wasser nach dem Myrmidonen und umwogte sein Haupt mit wirbelnder Flut. Der Pelide stand inmitten des rostbraunen Strudels; der Grund unter seinen Füßen schwamm weg; Achill taumelte; Leichen umspülten sein Haupt; er spürte keinen Boden mehr und griff in letzter Not nach dem niederhängenden Ast einer Ulme, doch eine Woge unterspülte die Wurzel des Baumes und ließ ihn in den Strudel krachen, und wieder packte der gischtende Sog den Helden und drehte ihn wie ein Laubblatt im Kreise, da gelang es dem Todnahen, sich auf den schrägen Ulmenstamm zu schwingen und mit einem mächtigen Satz das Festland zu erreichen. Erschöpft nach Atem ringend, wähnte Achilles sich endlich gerettet, jedoch der Fluss trat über die Ufer, und wieder umrauschte die rote Brandung die Knie des Peliden, und nun floh Achill, und ihm nach, so wie die geschwollenen Bäche im Frühjahr und Herbst ihr reißendes Wasser von den Bergen stürzen, schwoll tosend der erzürnte Strom. Achilles rannte um sein Leben, und der Fluss gurgelte um seine Hüften und spülte die Erde weg, und Achill spürte die Steine am Grunde eilen; es zog ihn hinab, und er rannte auf Rennendem, und er lief und vermochte kein Land mehr zu gewinnen, und er streckte die Arme aus den brüllenden Wogen und schrie zu Zeus, ihm den Tod in der Schlacht zu gewähren und ihn nicht wie einen Hirtenknaben im Bach zu ersäufen. Skamandros aber rief dem Nachbarstrom zu: »Wohlan, Bruder Simoeis, lass uns diesen Spötter jetzt bändigen; überschütte du ihn mit Geröll und Steinen, ich aber will ihm einen Sumpf wühlen, dass niemand seine Gebeine mehr zu finden vermag!«

So schrie der schreckliche Strom und wirbelte Schaum und Leichen um Achills Brust, und der Gischt drohte schon den Mund des Helden zu füllen, und Simoeis polterte schon steinebeladen dem Skamandros zu; Hephaistos aber, der schwarze Rabe auf einer Tanne nahe Ilion, hatte den Schrei gehört, und er eilte dem Helden zu Hilfe in höchster Not. Er riss die Erde auf und ließ eine Lavaglut über die Ebene sich ergießen, die alles verbrannte, was ihr im Weg stand: das Gras und die Sträucher und Bäume und die Körper der Toten und selbst die Steine und den Staub, und die Lava wälzte sich zischend Skamandros entgegen und umschloss ihn ganz, so dass die Flut des Stromes zu sieden begann. Voll Angst warfen sich die Aale und Fische und Krebse aufs trockene Land, wo sie sofort zu Asche zerstäubten; Feuer und Wasser rangen widereinander; das Feuer durchglühte die Flut, und die Flut fraß das Feuer; Dampf wallte tosend bis in die Höhen des Himmels, endlich aber erlag der Flussgott und bat um Gnade für sich und alle Wesen, die seine Tiefen behausten. Hephaistos zog die Lava ins Innre der Erde, und der Fluss bettete sich – Simoeis war schon geflohen – wieder zwischen seine Ufer; die Götter um Ilion aber, die diesen Kampf mit angesehen, entbrannten nun in geiler Streitlust, und sie, die schwarzen Krähen und Raben, strichen von den Tannen ab und schwangen sich kreischend auf das Brachfeld, um auch einmal, im sichren Bewusstsein, unsterblich zu sein und also nichts verlieren zu können, ein Gefecht widereinander zu führen, und auch Hera und Athene und Apollon und Ares verließen die Reihen der Griechen und Troer und stürzten sich in die Götterschlacht.

Die Schlacht der Götter

Da nun die Himmlischen widereinanderrannten, erbebte die Erde in ihren Festen, und Hades, der Herrscher der Unterwelt, fuhr erschrocken von seinem goldenen Thron auf und fürchtete, die Decke seines Palastes stürze ein. Als Erster trat Ares gegen Pallas Athene an und schrie: »Schamlose Fliege, was mischst du dich in Männersachen! Du hast Diomedes angestachelt, seine Lanze nach mir zu stoßen und mir unendliche Schmerzen zu bereiten, nun magst du es büßen, du Hundeäugige!«

So schrie Ares und schleuderte seinen Speer nach dem Aigisschild Athenes; die Göttin aber, dem Geschoss ausweichend, ergriff einen Feldstein und traf damit die Halsschlagader des Wütigen. Ares stürzte hin und bedeckte im Liegen siebenhundert Fuß Land, und das Erz seiner Rüstung klirrte, als zerbreche der Ida. Athene aber lächelte und sprach: »Törichter, liege nun da und bedenke meine Stärke; ich will dich lehren, verwünschter Bruder, Partei für die Frevler von Troja zu nehmen!«

Die holde Aphrodite, die dem furchtbaren Kriegsgott zugetan war, eilte zu dem Gestürzten, ihn in den Olymp zu tragen; Athene aber schlug der Liebesgöttin mit der flachen Hand vor die Brust, so dass die Schöne über Ares fiel. »Sieh, da liegen die beiden in ihrer Schande!«, sprach Hera frohlockend, »hoffentlich sieht der ganze Olymp, wie es denen ergeht, die Troja beschützen!«

Die hohe Herrin blickte dabei herausfordernd auf Apollon, dieser aber wandte sich an Poseidon und sprach: »Beherrscher des Meeres und Bruder des Götterkönigs, es ziemt sich mir nicht, mit dir um Irdischer willen zu streiten, wollen wir uns beide des Kampfes enthalten und die Sterblichen ihr Geschick erdulden lassen!« Poseidon war des zufrieden, allein Artemis, die schnellfüßige Göttin der Jagd, schmähte den blauhaarigen Bruder und schalt ihn einen erbärmlichen Feigling; Hera aber, die ehrwürdige Königin aller Oberen und Lagergenossin des strahlenden Zeus, Hera trat vor Artemis und schrie: »Wie, schamlose Hündin, du wagst es, dich mir zu widersetzen? Du tätest besser daran, durch die Wälder zu streifen und dem Wild nachzustellen; hier, nimm das für deinen Trotz!«

Mit diesen Worten ergriff die Unsterbliche mit der Linken beide Handknöchel der Jägerin, mit der Rechten aber riss sie ihr den Köcher vom Rücken und schlug ihn der Göttin um die Ohren, dass die Pfeile zersplitterten und die Gezüchtigte heulend zum Himmel entfloh. So war denn die weit- und hochberühmte Schlacht der Oberen geendet, und sie war der Unsterblichen würdig gewesen, und nun fuhren die hohen Götter wieder zum Olymp und stärkten sich nach dieser gewaltigen Arbeit mit Nektar und Ambrosia. Apollon aber brach das Wort, das er Poseidon gegeben hatte, und stahl sich still nach Troja zurück.

Ilion schließt seine Tore

Der greise Priamos, nicht mehr fähig, ein Schwert zu schwingen oder einen Bogen zu spannen, hatte während der Schlacht auf dem Turm gestanden und tränenden Auges auf das Gemetzel unter den Seinen herniedergeblickt, und als er nun den grausamen Achilles vom Skamandros her vor die Burg ziehen sah, stieg er, so schnell es ihm seine Füße erlaubten, herab und befahl die Tore zu öffnen, dass alle Trojaner sich in die Burg zurückziehen konnten, und gleichzeitig beflügelte Apollon den Helden Agenor, Antenors Sohn, die nachdrängenden Achaier abzuwehren. Agenor hatte eigentlich im Sinn gehabt, bis hin zu den Wäldern des Ida zu fliehen, in ihrem Dickicht unterzutauchen und seinen ermatteten Leib in einem Bergbach zu erfrischen, doch nun, von Apollon entflammt, schritt er, ein unerschrockener Panther, Achilles entgegen und stellte sich dem Peliden zum Kampf. »Sicher hast du gehofft, Törichter«, so rief Agenor, »heute Ilion zu stürmen, nun aber soll dich dein Geschick ereilen, du bist ja auch nur ein Sterblicher!«

So sprach er und schleuderte seinen Speer nach Achilles und traf ihn am Schienbein; die Waffe durchschlug den zinnernen Schutz, prallte aber an der feuergehärteten Haut wie an einem Felsblock ab. Achill riss sein Schwert heraus und drang auf Agenor ein, doch Apollon hüllte, wie so oft, nun auch diesmal seinen Schützling in einen Nebel, nahm selbst Agenors Gestalt an und lockte, eine Flucht vortäuschend, den Peliden von der Burg bis an das Ufer des Skamandros zurück. Indes flüchteten alle Troer in den Bezirk der schützenden Mauer und bestiegen, nachdem sie in hastigen Zügen den quälenden Durst gelöscht und die glühenden Gesichter ein wenig gekühlt hatten, die Brustwehr. Hektor aber blieb allein vor der Burg. Seine Schicksalsstunde war gekommen, jedoch das wusste er nicht. Er blieb trotz des flehenden Bittens der Eltern vor den Toren, weil er seinen verderblichen Rat durch einen Kampf mit Achilles wettmachen wollte. »Hätte ich auf Polydamos gehört und das Heer kampflos in die Stadt geführt«, so sprach er, »wären viele der Toten des heutigen Tages nicht gefallen. Ich habe darauf bestanden, im Feld zu bleiben, also muss ich es auch jetzt tun. Ich will den Kampf mit dem Peliden wagen; mag sich daran nun Ilions Schicksal entscheiden!«

Achill tötet Hektor

Indes war Achill, nachdem sich Apollon dem Getäuschten enthüllt hatte, wieder vor die Stadt gekommen; Feuerglanz flammte auf seinem Panzer, und unter seinen Schritten bebte das Land. Als Hektor ihn, der wie ein Stern heraufzog, erblickte, überkam den Troerprinzen ein Schauern; er dachte einen Augenblick daran, Schwert und Speer an die Mauer zu lehnen, Achill entgegenzugehen und ihm Helena und die Hälfte aller Güter Ilions als Preis für einen Friedensschluss anzubieten, doch kaum hatte er dies gedacht, wusste er, dass Achill ihn als Antwort höhnend zerhauen werde, und er fasste den Speer fest und stellte sich zum Kampf. Priamos und sein Weib, die droben auf den Zinnen standen, wehklagten und rauften sich die Haare und zerrissen ihre Gewänder, da sie ihren liebsten Sohn dem Schrecklichen entgegentreten sahen, doch Hektor achtete ihres Jammerns nicht und ging Schritt für Schritt auf Achill zu, als er aber das Weiße im Auge des Feindes erblickte, kam ihn wieder

Furcht an, und er wandte sich um und floh. Er lief, gleichmäßig schnell und im gleichen Takt die Füße setzend, immer der Mauer entlang; dreimal umkreiste er die Burg und lief die Mauer entlang, vorbei am Feigenbaumhügel und vorbei an den warmen Quellen, wo in Friedenszeiten die Mägde die Wäsche gewaschen, und den Wiesen, darauf sie die Linnen gebleicht, und er rannte am Isthmischen und am Skäischen Tor vorbei und an der Blutbuche und wieder am Feigenbaumhügel und wieder an den warmen Quellen, und er lief ein drittes Mal die Mauer entlang, und Achill folgte ihm, wie ein Bergfalke einer fliehenden Taube folgt.

Die Oberen aber saßen indes auf ihren goldenen Stühlen und schauten gespannt dem Ausgang des Kampfes zu, und über ihnen, in unermessbaren eisigen Höhen, schwebte Moira, das Geschick, das alles bestimmt, auch das Tun und Lassen der Himmlischen. »Nun, ihr Unsterblichen«, so redete Zeus, der Allvater, »an uns liegt es jetzt, die Entscheidung zu treffen: Soll Hektor in den Hades hinabgehen, oder sollen wir ihm noch eine Weile Leben gönnen? Was mich anbelangt, so muss ich eingestehen, dass Hektor ein prächtiger Bursche ist, der mir immer pünktlich und reichlich Opfer gebracht hat; wollen wir ihm nicht noch eine Spanne Atemluft schenken?«

Er hatte dies kaum ausgesprochen, als Athene schon aufsprang und rief: »Vater, Schwarzwolkiger, Herr des strafenden Blitzes, was ficht dich an, solche schrecklichen Worte zu reden? Dem Tod ist Hektor geweiht, und der Tod soll ihn diese Stunde noch ereilen! Wenn du anders zu handeln gedenkst, so tu es, aber glaube ja nicht, dass die Götter deinen Ratschluss billigen werden!«

Da erhob sich Zeus und ergriff stumm eine goldene Waage und legte zwei Todeslose hinein, ein Los für Hektor und eines für Achilles, und siehe, Moira drückte die Schale Hektors nach unten, dem Hades zu. Augenblicklich schoss Athene zur Erde und nahm die Gestalt des Deiphobos, eines Bruders Hektors an, und als der Troerprinz das dritte Mal am Isthmischen Tor vorbeilief, trat Athene zu ihm, als wäre sie gerade aus der Stadt geschritten, packte Hektor an der Schulter und hemmte seinen Lauf. »Deiphobos!«, rief Hektor erstaunt und erfreut, »du bist mir doch immer der liebste Bruder gewesen, der einzige bist du nun auch, der es gewagt hat, vor die Mauer zu kommen und mir beizustehen!« So redete Hektor, und Athene in des Deiphobos Gestalt drängte den schwer Atmenden, sich Achill zu stellen, indes sein Bruder ihn mit dem Schild decken und ihm nach dem Wurf neue Lanzen reichen werde. »Zum Kampf denn, Achill!«, rief Hektor, »jetzt wird sich entscheiden, wer auf dem Felde bleibt, aber ehe wir zu kämpfen beginnen, lass uns feierlich bei den Göttern schwören, dass der Sieger den Leichnam des Gefallenen zur würdigen Bestattung freigibt. Ich werde es so halten, wenn ich dich besiege, versprich auch du mir, ein Gleiches zu tun!«

Achill aber schüttelte, finster blickend, sein Haupt und sagte: »Nichts von Verträgen geschwätzt, Hektor; sowenig es einen Vertrag zwischen Löwen und Menschen oder zwischen Wölfen und Lämmern geben kann, sowenig gibt es einen Vertrag zwischen mir und dir! Du hast mir den Patroklos, den liebsten aller Freunde, ermordet, wie könnte ich dich da schonen wollen! Den Hunden und Geiern bist und bleibst du, der du selber ein Hund bist, zum Fraße bestimmt!«

So sprach er und sandte seine Lanze; der Troerprinz wich ihr behende aus und schleuderte seinen Speer nach Achill, der das Geschoss mit dem Schild abfing. Hektor streckte die Hand aus, eine zweite Lanze von Deiphobos zu empfangen, aber die Hand blieb leer, und Hektor wandte sich um und sah bestürzt, dass er allein war. »So hat Athene mich getäuscht«, rief er aus, »nun ist mein Tod nahe, doch ich will mich dem Schicksal nicht feige ergeben!« Er zückte sein Schwert und stürmte gegen Achill; der aber spähte eiskalt und scharf nach einer Blöße Hektors und fand zwischen Halsansatz und Schlüsselbein eine Stelle, die ungeschützt war. Hektor hob das Schwert; Achill deckte mit weit ausgestrecktem Schildarm sein Haupt und stieß gleichzeitig die Lanze so heftig in den ungeschirmten Hals des Feindes, dass die Spitze aus dem Genick hervortrat. Hektor stürzte vornüber in den Staub; Achilles stieß einen Triumphschrei aus und beugte sich über den Gespeerten, ihm die Rüstung abzuziehen, und als Hektor mit verlöschender Stimme noch einmal um Schonung seines Leibes bat, fragte Achilles, während er den Helmriemen des Prinzen löste, ob dieser ihn noch hören könne, und auf Hektors Nicken sprach der Myrmidone: »So erfahre denn als letzte Kunde auf dieser Erde, Mörder, dass du zum Tierfraß bestimmt bist; mit dieser Botschaft im Ohr magst du nun hinab in die Hadesnacht fahren!« So redete Achill und riss Hektor, dessen Augen brachen, die Lanze aus dem Hals, dann schälte er den Entseelten aus der Rüstung und zog ihm auch den Leibrock ab, und während die Achaier herbeieilten, den hohen Wuchs und die kraftvolle Gestalt ihres ärgsten Gegners zu bewundern, durchbohrte Achilles die Füße seines Feindes hinter den Sehnen zwischen Knöchel und Ferse, durchzog sie mit dem roten Gürtel, den der Große Ajax dem Troerprinzen nach ritterlichem Zweikampf einst geschenkt hatte, schnürte den Gürtel an seinen Kampfwagen, schwang sich auf den Führersitz und hieb auf die beiden unsterblichen Rosse ein. Das Gespann jagte über das Schlachtfeld und schleifte Hektors Leib über Steine und Dorngehölz, und Priamos und sein Weib Hekabe, sie sahen's und standen auf den Zinnen und rauften sich die Haare und jammerten zu den Göttern hoch droben im Himmel, und mit dem greisen Paar wehklagten die Troer und beweinten mit Hektors Tod Ilions kommenden Fall. Dieser Lärm schreckte Andromeda auf, die gerade ein Bad für ihren Gatten, den sie jeden Augenblick zurückkommen wähnte, gerüstet hatte; von zwei Mägden begleitet, stürzte sie auf die Zinnen, und als sie den armen Leib ihres lieben Gemahls im Staub schleifen sah, brach sie ins Knie und schlug die Hände übers Gesicht und schluchzte in ohnmächtigem Leid. Achill aber trieb die Pferde zu jagenderem Lauf, und oben die Unsterblichen tranken aus goldenen Bechern, und Hera blickte mit Athene frohgemut zur Erde hinunter und kostete ihre Rache aus.

Achill bestattet den Patroklos

Als die Myrmidonen zu den Schiffen zurückgekehrt waren, hieß Achilles sie gerüstet beisammen bleiben. »Lasst uns, Kameraden, zunächst unseren lieben Toten ehren«, so sprach er, »wir wollen seine Bahre dreimal im feierlichen Zug umkreisen und uns dann gemeinsam zum Trauermahl setzen!« So sprach Achill und raufte sich das Haar und sprach vor des Patroklos Bahre Worte bittrer Wehklage, in die alle Myrmidonen einstimmten, dann schwangen sich die Krieger auf ihre Kampfwagen und zogen, sich ihrer Tränen nicht schämend, langsam drei Runden um den aufgebahrten Leichnam, und Achill schleifte dreimal Hektors Körper um das Lager des toten Freundes. Hierauf setzten sich die Myrmidonen zum Mahl und sprachen, da sie speisten, von nichts anderem als von den Heldentaten des Gefallenen.

Nach dem Mahle bettete sich Achill an den Strand, und als er entschlummert war – und dies geschah rasch –, erschien ihm die Seele des Freundes als Traumbild. Herrlich von Gestalt wie einstmals auf Erden, so nahte sich der gefallene Krieger dem Peliden und redete ihn also an: »Liebster«, so sprach er, »im Leben hast du mir keinen Wunsch unerfüllt gelassen; des Toten aber scheinst du schnöde vergessen zu haben! Schaufle mir doch endlich, ich flehe dich an, ein Grab, oder bedecke meinen Leichnam wenigstens mit einer Handvoll Erde, dass ich in das Totenreich einziehen darf und nicht wie ein Bettler vor dem Tor des Hades herumlungern muss!«

So sprach die arme Seele, dann seufzte sie tief und sagte: »Achill, Achill, du Lieber, bald werden wir gemeinsam im Schattenreich hausen, denn nah ist die Stunde, da du vor den Mauern Ilions fallen wirst! Drum lege mein Gebein nicht ferne von dem Ort nieder, den du dir zum Grabe gewählt hast, und heiße die Kameraden unsere beiden Gräber mit einem einzigen Hügel überwölben!«

Seufzend streckte Patroklos die Hand nach dem Freund aus, und Achill wollte sie fassen und den Lieben ans Herz ziehen, doch die Erde tat sich auf, und wie ein quirlender Rauch fuhr das Traumbild in die Kluft, die sich rasch hinter ihm wieder schloss. Da erwachte Achill und sprang auf und schlug die Hände vor sein Gesicht und durchwachte den Rest der Nacht an der Bahre des Toten, auf dessen Brust er eine Handvoll Staub gehäuft hatte.

Kaum war, ein flirrender Hauch von Rot, der Morgen genaht, befahl Agamemnon, mit allen Wagen, Schultern und Maultierrücken Holz aus den Wäldern des Ida zusammenzubringen, um einen Scheiterhaufen von solchem Ausmaß zu errichten, wie ihn bislang noch keines Menschen Auge gesehen. Bald hallten die Lüfte vom Schlagen der Äxte und Krachen der stürzenden Bäume wider; die Könige fuhren die mächtigen Stämme auf ihren Kampfwagen die wurzelübersponnenen schmalen Waldpfade hinunter, und das Fußvolk schleppte, ächzend durch Dickicht und Wildnis stapfend, die massigen Kloben hinab ans Meer, wo Achill die Grabstätte für Patroklos schon bezeichnet hatte. In weitem Geviert, hundert Fuß jede Seite, wurden die Stämme nun übereinandergeschichtet, und als der Scheiterhaufen Mannshöhe erreicht hatte, wappneten sich die Myrmidonen und bestiegen ihre Wagen, und das Fußvolk folgte ihnen in dichten Reihen. So zogen sie zur Bahre des Patroklos, schoren sich dort das Haupthaar und legten es als Traueropfer auf den Leichnam nieder, und auch Achill schor seinen Schädel und spendete die üppigen blonden Locken dem gefällten Freunde. Dann geleiteten die Krieger den Leichnam zum Totengerüst, und Achill bettete jammernd den entseelten Leib in die Mitte des Scheiterhaufens über einen Rost aus Eichenholz.

Die anderen Griechen entfernten sich nun auf das Gebot Agamemnons, und die Myrmidonen vollendeten ihr leidvolles Werk. Sie schlachteten Dutzende Schafe und Stiere, enthäuteten sie und schichteten das Fleisch auf die untersten Stämme; mit dem abgezogenen Fett aber deckten sie den Leichnam des Helden zu.

Zwischen die Kloben wurden Krüge mit Öl und Honig gestellt; zu dem geschichteten Fleisch legte Achilles noch zwei der neun Hunde seines Freundes; auf den mittleren Holzkranz wuchtete er vier hochbeinige Rosse, und schließlich ergriff der Pelide das Schwert, köpfte die zwölf gefangenen troischen Jünglinge und reihte ihre Körper um die Außenseite des Gerüsts. Als der Scheiterhaufen also bereitet war, ergriff Achill eine brennende Fackel und redete, von ihrem Schein überstrahlt, ein letztes Mal den toten Freund an. »Juble«, so rief er, »juble, Lieber, auch jetzt noch im finsteren Hades, denn siehe, ich halte mein Wort und sende dir zwölf edle troische Jünglinge als Begleitung ins Schattenreich! Deinen Mörder Hektor aber werde ich nicht verbrennen, der möge den Hunden zum Fraße dienen!«

So rief Achilles und scheuchte mit der Fackel eine geifernde Meute gezähmter Wölfe zu Hektors Leichnam, doch die Hunde wichen knurrend und mit gesträubtem Fell zurück und wagten nicht, sich dem Toten zu nahen, denn Aphrodite hatte den entseelten Leib des Troerprinzen mit Ambrosia gesalbt, um ihn vor der Verwesung zu schützen, und der Duft aus der Sphäre einer Himmlischen machte die Tiere erschauern. Achill jedoch achtete jetzt nicht darauf; er rief die Winde Boreas und Zephyr zu Hilfe, die Glut anzufachen, dann schleuderte er die Fackel in die Mitte des Scheiterhaufens. Heulend kamen die Winde herangeflogen; das Meer brodelte Gischt unter ihren eilenden Schwingen, und ihr Atem entfachte die Glut im Nu zum fressenden Feuer. Eine turmhohe Lohe stieg himmelan; die Nacht blieb hell wie ein Tag, und Achill durchwachte auch diese Stunden und stand am prasselnden Scheiterhaufen und goss Becher um Becher Weins dem Toten zu Ehren in die sausenden Flammen, die sich allmählich selbst verzehrten.

Am Morgen dann brach das Gerüst in Asche zusammen; die beiden Windgötter eilten übers Meer in die Heimat zurück, und Achill bat die Könige, die sich indes versammelt hatten, die Glut mit Wein zu löschen und dann die Gebeine des verbrannten Freundes zu sammeln, sie von Asche und Staub zu reinigen, in eine Doppelschicht Fett zu hüllen und in einer goldenen Urne zur Ruhe zu betten, und als dies geschehen war, lud, wie es bei Totenfeiern Brauch war, der Pelide die Könige und Fürsten zu Kampfspielen ein. Im Wagenrennen, Faust- und Schwertkampf, Ringen, Wettlaufen, Diskuswurf, Bogenschießen und Speerwurf sollten die Helden ihre Kräfte messen, und Achilles setzte kostbare Preise für alle Beteiligten, auch für die Unterliegenden, aus. Das Volk aber ging zu den Schiffen hinunter und setzte sich dort zum Mahl aus Käse, Brot und gewässertem Wein, und viele dachten an die Heimat und sehnten sich nach dem Ende des blutigen Krieges.

Thersites erzählt von Prometheus

Um Thersites, der, wie schon berichtet wurde, immer zum Friedensschluss und zur Rückkehr in die Heimat geraten, versammelte sich, während die Könige im Stadion ihre Kräfte maßen, eine Schar von Griechen der verschiedensten Stämme. »Oft hast du treffliche Worte gesprochen, guter Thersites«, so redete einer der Achaier, »und immer verständigen Rat gegeben, drum hilf mir auch jetzt. Die Götter, so sagt man, seien bedacht, das Menschengeschlecht zu beschützen und ihm Gutes zu tun; warum fügen sie dann den Lauf der Dinge so oft nicht zum beglückenden Frieden, sondern zum männermordenden Krieg?«

»Die Götter sind grausam und böse und den Menschen feind«, erwiderte Thersites, »erinnert euch an die Sage von Prometheus!« – »Erzähle!«, baten die Krieger, und Thersites begann.

»Zur Zeit, als die Erde noch nicht von Menschen bevölkert war und die Familie der Titanen, die heute im finsteren Tartaros schmachtet, den Olymp regierte«, so berichtete Thersites, »geschah es, dass Zeus sich mit seinen Brüdern und Schwestern gegen den eigenen Vater Kronos, der damals König der Götter war, erhob, ihn nach zehn Jahren Kampf vom Throne stürzte und selbst die Herrschaft über den Himmel, die Erde und die Unsterblichen an sich riss. In diesem Kampf stand der weise und, wie sein Name schon sagt, weit in die Zukunft blickende Prometheus, obwohl er von Geburt selbst ein Titan war, dem Zeus zur Seite, denn er hatte dessen Sieg vorausgesehen. Nachdem Zeus mit des Prometheus Hilfe Kronos entmachtet und die Titanen in den Tartaros verbannt hatte, setzte er sich auf den goldenen Thron an der Spitze der Göttertafel und behielt sich auch die Herrschaft über den Himmel vor. Das Meerreich überwies er seinem Bruder Poseidon und die Unterwelt seinem Bruder Hades; seine Schwester Hera nahm er zur Frau, und jedem seiner Söhne, Töchter oder Schwestern übergab er ein besonderes Wirkungsfeld: dem Apollon den Leiergesang und das Bogenschießen, der Athene die Weisheit, der Artemis die Jagd, der Hestia die Häuslichkeit, dem Hephaistos die Schmiedekunst, der

Aphrodite die Liebe und dem grimmen Ares den würgenden Krieg. Von den niederen Göttern sprach er dem einen Fluss zu, jenem einen Berg oder eine Grotte oder einen bewaldeten Hügel; die noch niederern Unsterblichen wie die Horen, die Grazien oder die Musen setzte er in dienende Ämter, doch alle Gottheiten waren und sind gleichermaßen seinem selbstherrlichen Gebot und seiner tyrannischen und grausamen Willkür untertan.

So war ein Regiment über Erde und Himmel errichtet, das dem edlen Prometheus missfiel. Er schuf darum aus Lehm und Ton die Menschen und hauchte ihnen mit seinem göttlichen Atem eine unsterbliche Seele ein, um ein Geschlecht heranzuziehen, das, edler und verständiger als die bösen und launischen Götter, die Erde einst in Besitz nehmen sollte. Als Zeus jedoch vom hohen Olymp herab das Gewimmel der Aufrechtgehenden erblickte, lachte er hellauf und sprach: ›Hast du diese Wesen, die du Menschen nennst, schon einmal wider meinen Willen geschaffen, Prometheus, so sollen sie in ewiger Kälte und Finsternis hausen, unkundig jeglicher Kunst und Arbeit, und vor allem ohne die Wohltat des lebenspendenden Feuers, denn Würmer hast du hervorgebracht, du Vorwitziger, und Würmer sollen sie auf ewige Zeiten auch bleiben!‹

So sprach Zeus, denn er fürchtete insgeheim diese neuerschaffenen Wesen, die aufrecht gingen und nicht auf vier Füßen nach Art der Hirsche und Füchse, die eine hohe Stirn trugen und in deren Augen ein Glanz schimmerte, den kein Tierauge kannte. Darum entschloss sich der König der Götter eines Tages, die Menschen, die ohne Feuer lebten und sich von Früchten und rohem Fleisch nährten, durch eine Wasserflut zu vernichten, und er hatte auch schon die Schleusen des Himmels geöffnet und die Meerflut über die Küsten gesandt, allein Prometheus bat so eindringlich für seine Geschöpfe und erinnerte Zeus so mahnend an die geleistete Hilfe im Kampf gegen Kronos, dass der Allvater dem Bittsteller nachgab und die Menschen verschonte. ›Mögen sie aufrecht gehen und doch nichts anderes als gehetzte und leidgeplagte Tiere sein!‹, so redete er.

Prometheus aber beschloss, seine Geschöpfe zu bilden. Er lehrte sie heimlich die Kunst des Webens und des Körbeflechtens, auch lockte er sie aus ihren Erdlöchern und Höhlen, darin sie wie Ameisen hausten, hervor und unterwies sie, feste Hütten aus Lehm und Schilf zu bauen; er schenkte ihnen, den dumpf und tierhaft Bellenden, eine Sprache, fügte ein Alphabet aus Lauten zusammen und lehrte sie auch zählen und ihre Wege nachts nach den Sternen bestimmen; er zeigte ihnen die heilkräftigen Kräuter und Steine und Salze, doch trotz alledem blieb das Menschengeschlecht ohne Feuer noch roh und den Tieren nahe verwandt. So bat denn Prometheus – er war zwar ein Unsterblicher, doch wurde er nicht für würdig befunden, auf dem Olymp zu wohnen – eines Abends Athene, die gerade auf der Erde wandelte, ihm nachts ein Tor der Götterburg zu öffnen, und die Pallas, die den klugen und höflichen Prometheus gerne litt, erfüllte seinen Wunsch. Der Menschenfreundliche schlich sich in den Himmel ein, entzündete am flammenden Sonnenwagen eine Fackel, dämpfte ihr Feuer zur Glut und barg ein Bröcklein davon in der Markhöhle eines Riesenfenchels, so wie wir ja heute noch das Feuer über das Land tragen, wenn die Herdflamme erloschen ist. Dann verließ er den Göttersitz und brachte seinen Geschöpfen das unentbehrliche Feuer, und in abgelegenen Höhlen, den Blicken des Allgebieters entzogen, lehrte er seine Schützlinge die Kunst des Schmiedens und des Speisebereitens, und nun, im Besitz von Werkzeugen, Pflugscharen und schützenden Waffen, lernten unsere Urahnen schnell alle Künste, die wir heute so selbstverständlich üben, und wurden damit erst wahrhaft zum Menschen.«

»Aber warum«, so unterbrach ihn ein Zuhörer, »warum hat Zeus denn dies geduldet und die Menschheit nicht vertilgt, wie er es geplant?«

»Weil«, so erwiderte Thersites, »auch Zeus nicht allmächtig ist und gegen den Spruch der dreifaltigen Moira, der Schicksalsgottheit, die jeden Lebensfaden spinnt, misst und schließlich abschneidet und die sich damals für die Fortdauer des Menschengeschlechtes entschieden hat, nichts ausrichten kann. Doch er hat sich dafür an den Irdischen grausam genug gerächt, davon spreche ich gleich.

Als nun eines Tages«, so fuhr Thersites fort, »der Götterkönig doch gewahrte, dass die Menschen das Feuer besaßen und beherrschten, da wusste er, dass kein anderer als Prometheus ihnen die Himmelsgabe überbracht haben konnte. Er raste vor Zorn und befahl seinen Henkersknechten, der

Kraft und der Gewalt, zwei rohen, abgestumpften Gesellen, den Unglücklichen zu ergreifen und nach dem wilden, sturmumsausten Kaukasus zu tragen, wo Hephaistos, obwohl mit Prometheus verwandt, den Feuerbringer so fest an den Felsen schmieden musste, dass es ihm unmöglich war, auch nur den Kopf zu rühren, und man meinen konnte, er sei nichts als ein Stück des Gesteins. Doch selbst hier noch, über den schwarzen schaurigen Schründen hängend, bekannte sich Prometheus vor den Wellen des Meeres und den Winden des Himmels zu seinen Geschöpfen. Da sandte Zeus einen bärtigen Geier, dem Ärmsten Tag um Tag die lebendige Leber, die nachts immer wieder nachwuchs, aus der Bauchhöhle zu hacken, und jeden Morgen, da diese Pein aufs Neue anhob, wandte der Götterkönig seinen Blick nach Osten, um sich an der Qual seines Widersachers zu erfreun.«

»Also hängt der, dem wir alles verdanken, was uns zu Menschen gemacht hat, noch immer am Fels des Kaukasus und brüllt sein Leid in die düsteren Nebel?«, fragte einer der Zuhörer; Thersites aber schüttelte den Kopf und sprach: »Es gab einen Einzigen, der es wagen konnte, Zeus zu trotzen, und das war sein Lieblingssohn Herakles. Der schoss denn auch, als er im Skythenland zu Füßen des Kaukasus weilte, den mörderischen Geier aus den Lüften und befreite Prometheus, der sich seitdem verborgen hält. Doch hört nun den Fortgang der Geschichte!«

Die Krieger rückten dichter um den Sagenkundigen, und Thersites fuhr fort. »Prometheus«, so erzählte er, »hatte einen Bruder, der Epimetheus, der Nachschauende, hieß, da er seine Handlungen nie im Voraus überlegte, sondern sie erst nach getaner Tat übersann. Diesen seinen Bruder hatte Prometheus immer gewarnt, nichts, was auch immer es sei, aus Zeus' Hand als Geschenk entgegenzunehmen, und Epimetheus hatte dies auch zugesagt. Nun bildete aber der Allwalter aus Ton ein Weib, dessen Herz die schlangenhaarige Eris mit allen Ruchlosigkeiten und dessen Leib Aphrodite mit solchem Liebreiz und solcher Wohlgestalt begaben musste, dass, wie dies ja auch sonst manchmal der Fall ist, die berückendste Erscheinung den verderbtesten Sinn umschloss. Dieses Weib, Pandora mit Namen, sandte Zeus zur Erde, dass es um Epimetheus werbe, und er gab ihr als Hochzeitsgeschenk ein goldenes Kästchen mit, in dem alle Übel der Welt eingesperrt waren: die Habgier, der Neid, die Sucht, über andre zu herrschen, die Bosheit, der Argwohn, der Dünkel, die Tücke, die Prahlsucht, die Zügellosigkeit, das rasende Verlangen nach Besitz und Gütern, die Faulheit, die Mordlust, die Grausamkeit, die Lüge, die Feigheit, die Unterwürfigkeit, das Gleisnertum, kurz alles, was dem Menschen hier auf Erden das Leben immer wieder zur bitteren Plage macht. Pandora stieg auf die Erde hinab und warb um Epimetheus, der sie beim ersten Anblick schon mit allen heißen Sinnen begehrte, und Pandora gab sich ihm zur Ehfrau und überreichte dem Hochentzückten das goldene Kästchen und sagte auch noch, dass es ein Hochzeitsgeschenk des Götterkönigs sei, und der törichte Epimetheus nahm, betört, das Kästchen und öffnete es, und wie ein Schwarm von giftigen Stechmücken schwirrten die Plagen heraus und warfen sich mit ihren Stacheln über die Menschheit, die bis dahin glücklich und unentzweit in tätigem Frieden gelebt hatte. Im Nu entbrannten Zwietracht und Habgier; jeder neidete dem anderen das Gut, das doch gemeinschaftlich war, und begehrte es für sich allein, und die Mächtigsten, die einmal die Besten gewesen waren und nun nichts anderes mehr wollten als mächtig bleiben und noch mächtiger werden, schwangen sich zu Königen auf und machten sich ihre Mitmenschen untertan und hetzten die Völker in blutige Kriege, und so lebt denn die Menschheit mit all ihren wunderbaren Künsten dahin wie ein reißendes Raubtier und könnte aus der Erde ein Traumreich schaffen und haust doch ärger als eine Hyäne oder ein Wolf!«

Die Zuhörer schwiegen lange.

»Und Prometheus hält sich verborgen?«, fragte schließlich einer der Krieger.

»Prometheus hält sich verborgen, bis seine Stunde gekommen ist«, erwiderte Thersites.

»Welche Stunde?«, fragte ein anderer.

»Die Stunde, da Zeus' Zorn verraucht ist, und Prometheus sich dem Allwaltenden nahen kann, auf den Knien demütig um Gnade zu bitten«, sprach Thersites; in seinem Herzen aber dachte er: Der Feuerbringer wartet auf die Stunde, da er die Menschen zum Kampf gegen ihre Unterdrücker und Entzweier und schließlich gegen die Götter selbst führen wird!

Aber das behielt er im Herzen und sprach es nicht aus; die frommen Griechen hätten solche Worte für einen ungeheuerlichen Frevel gehalten und den Lästerer zu Tode gesteinigt, denn dass die Götter furchtbar und grausam und menschenverachtend sind, das durfte ausgesprochen werden, denn solches sagten ja auch die Priester und Seher, doch dass die Götter gestürzt werden können, wie Zeus selbst den Vater Kronos und dieser vorher den Vater Uranos gestürzt hat, das auszusprechen, ja auch nur zu denken, war jedem verwehrt.

Priamos und Achill kommen überein

Während Thersites erzählte, hatten die Könige ihre Kräfte im Wettkampf gemessen; Diomed hatte das Wagenrennen gewonnen, der Preis im Ringkampf war zu gleichen Teilen dem Großen Ajax und dem Odysseus zugesprochen worden, als schnellster Läufer hatte sich Odysseus und als bester Bogenschütze Meriones erwiesen, und im Speerwurf war Agamemnon kampflos mit dem Preis des Siegers geehrt worden, da, wie Achilles erklärte, die Überlegenheit des Oberbefehlshabers in dieser Kampfart so groß sei, dass es sinnlos wäre, gegen ihn anzutreten. Den Kämpfen war ein Festmahl gefolgt, und nun ruhten die Helden auf ihrer Lagerstatt von den harten Wettspielen aus, Achill aber schritt zum Leichnam Hektors, den er den Hunden zum Fraß vorgeworfen hatte, und als er sah, dass die Meute nicht einen Zahn in den Toten geschlagen, trat und schlug er die jaulenden Tiere und schmähte sie eine feige Brut. Dann schnallte er den toten Leib wieder an seinen Wagen, drehte den Leichnam so, dass das Gesicht auf den spitzen Steinen lag, und jagte in sausender Fahrt mehrere Male um das Grab des Freundes, doch durch die wundertätige Kraft der Ambrosia blieb der Körper des Troerprinzen unversehrt, und sein Antlitz war nicht durch die winzigste Schramme entstellt. Dies erzürnte Hera und Athene, die voll wilder Freude Achills grausamer Fahrt zugeschaut hatten. »Was denn«, sprach Hera, »soll der verfluchte Troer im Tode noch unser spotten? Soll einer aus dem Priamospack, ein Bruder des verruchten Paris, seiner Strafe entgehen?« – »Wir wollen Hermes bereden, den Leichnam zu entführen«, erwiderte die göttliche Pallas, »dann wollen wir ihn irgendwohin in ein schwarzes Nichts versenken, denn es darf einfach nicht geschehen, dass die Troer Hektor bestatten und seine Seele Frieden im Hades findet! In alle Ewigkeit sollen er und Paris am Tor des Schattenreiches stehen und heulen, ohne jemals Einlass zu finden, und damit für alle Zeiten offenbaren, wie furchtbar unsere Rache ist!«

So redeten die Göttinnen untereinander, und Achill schleifte Hektors Leichnam erneut um den Hügel über der goldenen Urne, in Ilion aber erhob sich König Priamos, der drei Tage lang inmitten der klagenden Troer gesessen, und sprach: »Nicht länger ertrage ich es zu denken, dass der Leib meines geliebten Kindes den Hunden Achills zum Fraß dient, während seine Seele frierend und flehend am Hadestor lehnt. Ich will zu den Schiffen hinuntergehen, Hektor auszulösen; die Griechen sind Menschen wie wir und werden ihr Ohr den Bitten eines gebrochenen Greises nicht verschließen, und auch das Herz des Achilles kann nicht aus Stein sein. Er hat seine Rache gestillt; nun wird er Milde walten lassen!«

So sprach Priamos, und vergebens suchte sein Ehweib Hekabe ihn von diesem Schritt abzubringen; sie hielt ihm alle grässlichen Taten des Myrmidonen vor die Augen, doch Priamos sprach: »Nichts, liebste Frau, kann mich mehr aufhalten, die Sehnsucht, Hektor noch einmal zu sehen, ist übermächtig, und sollte mich der rasende Pelide auch ermorden, wohlan, dann ist es mir Trost genug, den geliebten Sohn noch einmal in den Armen gehalten zu haben!«

So sprach der greise König, und dann befahl er seinem Herold, einen Wagen reich mit Lösegeschenken zu beladen, und die beiden, mit den Binden Schutzflehender umwunden, fuhren dem Lager der Griechen zu. Der Abend war gekommen; fern schimmerten die Wasser des Skamandros durch die langsam sich verdichtende Dunkelheit, und die Geier und Raben hüpften, vom üppigen Mahl übersättigt, träg vor dem rasselnden Wagen zur Seite. Der Weg war kaum mehr kenntlich, doch die Lagerfeuer der Feinde wiesen die Richtung. Schließlich kam die kleine Gesandtschaft ans Tor und fand es unverschlossen und die Wächter in tiefem Schlaf, denn jeder der Griechen wusste, dass der Mut der Trojaner durch Hektors Tod gelähmt und ein Angriff, und gar noch zur Nacht, nicht zu erwarten war. So kamen die beiden unangefochten bis vor das Haus des Peliden, und Priamos hieß den Herold bei den Geschenken bleiben und betrat, so heftig sein Herz auch pochte, Achills Gemach. Der Pelide hatte soeben gespeist und ruhte schon auf seiner Lagerstatt, zwei seiner Unterführer aber saßen noch an dem reich gedeckten Tisch. Priamos trat ein; Achill fuhr auf und blickte überrascht und mit rasch wachsendem Grimm auf den Troerkönig, der aber warf sich vor dem Mörder seines Sohnes auf die Erde und umschlang dessen Knie und nahm die Hand, die ihm so viele Söhne und Krieger geschlachtet, und führte sie an seine welken Lippen und küsste sie um des geliebten Sohnes willen.

Achills Zorn wich, da er den Greis vor seinen Füßen sah, sein Auge blickte milder auf den Alten, und Priamos hob das Haupt und sprach: »Göttergleicher Achill«, so redete der Greis, »gedenke deines Vaters, der wie ich an der traurigen Schwelle des Alters steht und vielleicht ebenfalls von Krieg und Sorge bedroht ist! Und doch, wie glücklich wäre er selbst dann noch zu preisen, da er ja hoffen kann, sein geliebter Sohn kehre einst heil in die Heimat zurück! Ich aber habe fünfzig Söhne gezeugt, und nun ist mir fast keiner mehr geblieben, und mein bester und kühnster Spross, der Schirm Ilions, ist durch deine Hand gefallen! So bin ich denn, deiner Großmut vertrauend, mit reichen Geschenken genaht, Achilles, und flehe dich an, mir Hektor zurückzugeben! Gedenke deines Vaters, herrlicher Held, wenn du mich Jammernden hörst, und bedenke, dass ich mich so weit erniedrige, selbst jene Hand an meine Lippen zu pressen, die meine lieben Söhne getötet hat!«

So flehte der König und küsste abermals die Hand des Schlächters; Achill aber wehrte ihm dies und zog den Greis mit sanfter Gewalt empor und drückte ihn an die Brust, und Tränen quollen nun auch aus seinen Augen. »Ärmster«, so sprach er, »fürwahr, allzu viel Herzeleid hast du schon erduldet! Wie tapfer du doch bist, allein ins Lager des Feindes zu pilgern und dich dem Töter deines Sohnes zu nahen; wahrhaftig, du musst ein ehernes Herz in der Brust tragen! Aber nun setze dich, König, lass deinen Schmerz ein wenig abklingen und bedenke, wie viel Leid und Gram und Trauer die Götter über das Menschengeschlecht verhängt haben; du bist der Einzige nicht, dessen Seele wund ist. Also lass uns sitzen und ein Weilchen ruhen!«

So redete Achill, doch Priamos, der befürchtete, die Milde des Myrmidonen könne ebenso schnell wieder verfliegen, wie sie über ihn gekommen war, flehte Achilles an, ihm zuerst Hektor auszulösen, und da der Pelide seine Einladung solcherart abgeschlagen hörte, verfinsterte sich sein Blick, und er sprach mit drohender Stimme: »Hüte dich, Alter, mich zu reizen, und handle nach meinem Gebot! Ich bin gewillt, dir Hektor herauszugeben, doch wann und wie ich es tue, das überlasse mir!«

So setzte sich denn Priamos bangend und zagend auf die Kante des Sessels; Achilles aber, den nun seinerseits Furcht ankam, sein Herz könne sich wieder verhärten und sein Ohr taub für die Bitten des Flehenden werden –: Achill sprang wortlos auf und winkte den beiden Kriegern, die sein Mahl geteilt hatten, ihm zu folgen, und die drei eilten zu Priamos' Wagen, musterten die Löseschätze und befanden sie als ein würdiges Geschenk von hohem Wert. Achilles befahl, die Güter in sein Haus zu tragen, und lud auch den Herold zu Gast in sein Gemach, dann schritt er zum Grab des geliebtesten Freundes hinunter, berührte den Hügel mit den Fingerspitzen und sprach: »Zürne mir nicht, Patroklos, teuerster Freund, dass ich Hektors Leichnam dem Vater zurückgebe. Er hat eine würdige Lösung geboten, und auch du sollst deinen reichen Anteil davon haben!« So sprach Achill, und er hörte das nahe Meer rauschen, und es war ihm, als vernehme er mit der Brandung die Stimme des Toten, die der Lösung zustimmte, und Achill befahl, den Körper Hektors zu waschen, zu salben, in einen Leibrock zu hüllen und würdig aufzubahren, dann trat er vor Priamos, legte seine Hände in die des Greises und sprach: »So höre denn, König, Hektors Leichnam ist durch deine Geschenke gelöst; er wird gesalbt und geschmückt und aufgebahrt, wie es sich für einen edlen Helden geziemt, und morgen früh magst du ihn sehen und nach Ilion überführen. Nun aber lass uns an die Abendkost denken; ich will euch Schultern und Lenden eines feisten

Widders braten, und die Mägde sollen euch indes ein Lager im Nebenraum bereiten, denn oftmals kommt einer der Könige hierher zu mir, meinen Rat einzuholen, und wenn der Oberbefehlshaber von deiner Anwesenheit erfährt, könnte es – dieser Mann muss sich nämlich in alles mischen – doch noch längere Verhandlungen geben, und die Auslösung würde verzögert werden. Aber ruhe ganz unbesorgt; morgen soll dich eine Myrmidonenschar sicher durchs Lager geleiten, und ich verspreche dir auch, eine Waffenruhe von elf Tagen zu erwirken: Ich werde einfach so lang nicht ins Feld ziehen; die andern Achaier werden sich ohne mich nicht vor Ilion wagen, und so wird dir genügend Zeit bleiben, lieber Greis, deinen Sohn mit allen Ehren zu bestatten. Am zwölften Tag aber werden dann wieder die Waffen sprechen, und dann wehe dir, stolze Priamosburg!«

So sprach Achill, und wieder umarmten sie einander: der leidgebeugte Vater und der Töter seines geliebtesten Sohnes, und mit dieser Umarmung wurde der Racheplan der beiden Göttinnen durchkreuzt, und Menschen hatten, wenn sie es auch nicht wussten und nie erfuhren, über Unsterbliche gesiegt. Im frühesten Morgendämmern lud Priamos dann Hektors Leib auf seinen Wagen; das Myrmidonengeleit brachte ihn ungefährdet an den Torwächtern vorüber, und des Königs Kampfwagen jagte, mit der kostbaren Last beladen, der Morgenröte entgegen, Ilion zu. Neun Tage lang wurde ein Scheiterhaufen errichtet, indes Achilles, wie versprochen, vom Kampf abstand; am zehnten Tag entzündeten Fackeln das Totengerüst, doch die Flammen vermochten, so wild sie auch lohten, den unzerstörbar gewordenen Leib nicht zu verbrennen, und so wurde denn Hektor in einem goldenen Schrein in die Erde gebettet, und ein mächtiger Rundbau aus Feldsteinen überwölbte des Helden Gruft. Dies war das Werk des elften Tages, am zwölften Tag aber stürmten, von Achill geführt, die griechischen Kampfreihen wieder gegen die troische Burg.

Das Pferd des Odysseus

Der Tod Achills

Als die Griechen wieder vor die Burg rückten, beschlossen die Troer, dass, während die Masse des Kriegsvolks von der Mauer herab mit Steinwürfen und Bogenschüssen die Feinde abwehren solle, eine auserlesene Schar der besten Helden, so Antenor, Paris, Glaukos, Aeneas, Polydamos und andere kühne Streiter, einen plötzlichen Ausfall mit dem einzigen Ziel, Achill zu töten, wagen müsse. Rasselnd, eine Staubwolke hinter sich herschleifend, raste die blitzende Front der achaischen Kampfwagen über das Feld nach der Festung; das Poltern der Hufe und das Schnauben der vorwärtsjagenden Rosse scholl drohend in das Ohr der Verteidiger, und als die Mauer erreicht war, sprangen die Schwergewaffneten in voller Fahrt von den jählings wendenden Wagen und setzten zum Sturm auf Ilion an. Vom Feigenbaumhügel her versuchten sie die Mauer zu ersteigen; ein Hagel von Pfeilen und Steinen prasselte auf sie hernieder und warf sie zurück, und in diesem Augenblick flog das Skäische Tor auf, und die troische Heldenschar warf sich in die Flanke des Griechenheeres. Dieser unerwartete Vorstoß überraschte die Achaier; ihre Kampfreihen gerieten in Verwirrung, und ein Lanzenwurf von Antenors Hand durchstieß die Brust des jungen Helden Antilochos. Als Achilles den Jüngling in den Staub sinken und dessen Vater Nestor in hellem Schmerz sich die schütteren Haare raufen sah, warf er sich ins dichteste Getümmel und wütete wie einst am Skamandros; er mähte die Feinde hin, wie ein Knabe Distelköpfe abhaut, und er hatte sich bald eine Bresche zur Mauer geschlagen und rüttelte, von seinem Wagenlenker, der

ihm gefolgt war, gedeckt, so gewaltig an den Flügeln des Tores, dass seine Riegel zu splittern begannen. Hera und Athene sahen es mit Freude; Apollon aber fuhr, umwölkt, ein flatterndes schwarzes Verhängnis, zum Schlachtfeld hinunter, trat hinter Achilles, der sich schon anschickte, die Torflügel aus den Angeln zu heben, und schoss ihm einen vergifteten Pfeil in die rechte Ferse, die einzige Stelle, die verletzbar war. Der Getroffene brüllte mit Stierstimme auf und stürzte, ein Turm, dessen Erdgrund wegsackt, zu Boden; ein siedender Schmerz raste durch seine Adern; seine Augäpfel verdrehten sich, und kalter Todesschweiß trat auf seine Stirn. »Oh, du Hund, du Hund, du hinterhältiger Hund!«, brüllte der Vergiftete und hieb im Liegen mit dem Schwert um sich; »komm her, elende Ratte, die mir das angetan hat, und miss dich mit dem Sterbenden im offenen Kampf!« So schrie Achilles und hieb um sich und biss vor Schmerz und Wut in den steinigen Boden; dann griff er nach der Ferse, den Pfeil herauszuziehen, doch als seine Hand ins Leere griff und er kein Eisen in der Wunde fasste, wusste Achill, dass er dem Geschoss eines Unsterblichen erlegen war. »Du hast es getan, Apollon!«, schrie er und knirschte mit den Zähnen. »O elendes Menschenlos, dass es uns nicht vergönnt ist, an euch feigen Göttern Rache zu nehmen! O wenn ich jetzt zum Olymp auffahren könnte, ich würde euch allesamt in den Tartaros schleudern!«

So schmähte Achill, und er fühlte schon seine Stimme schwinden und seinen Puls ermatten, da zwang er sich noch einmal auf und ergriff die Lanze und stürzte sich auf die Troer, die in hellen Scharen aus dem Tor geströmt waren, und er durchstieß noch den Orythaon, einen Freund Hektors, und den Hipponoos und den Alkathoos, und er sah noch einmal die Feinde entsetzt vor seinen Waffen fliehen, doch er vermochte nicht mehr sie einzuholen. Seine Glieder wurden kalt und schwer; er stützte sich auf die Lanze und keuchte offenen Mundes, seine Knie knickten ein, die Lanze entglitt seiner Hand, und er stürzte ein zweites Mal zu Boden, und die Erde bebte bei seinem Fall. Da jubelte Ilions Volk und Heer, und auch die Götter, die Trojas Partei ergriffen hatten, Aphrodite voran, sprangen jauchzend von ihren goldenen Stühlen; Hera und Athene aber verließen die Tafel und schlugen die Tür der Götterburg hinter sich zu.

Um Achills Leichnam entbrannte ein wütender Kampf. Paris versuchte als Erster, sich des entseelten Leibes zu bemächtigen, doch der Große Ajax vertrieb ihn mit wuchtigen Schwerthieben und tötete jeden, der es wagte, sich dem Toten zu nahen. Bis zum Mittag behaupteten die Griechen die Stellung; König Glaukos fiel durch einen Schwertstreich des Großen Ajax, und Odysseus verwundete Aeneas an der Schulter, und dennoch drängten die Troer am Nachmittag das entmutigte Heer der Griechen zurück. Ajax warf sich den Leichnam Achills, der noch in der Rüstung steckte, über die Schulter und schleppte, von Odysseus gedeckt, die gewaltige Last aus dem Feld. Die Troer, von Paris zu wilder Kampfeslust aufgepeitscht, versuchten den beiden den Weg abzuschneiden, allein Zeus, der an die schöne Meergöttin dachte, schreckte sie mit Donner und Blitz zurück. Als es Abend war, hatten die Achaier die Schiffe erreicht, und während sie den Leichnam ihres kühnsten Kriegers wuschen und salbten und in Teppiche und Tücher hüllten, jammerten sie laut ob ihres unersetzbaren Verlustes und schoren sich ihre Häupter kahl, und auch das Meer mit all seinen Ungeheuern und Delphinen und Rochen und Haien und wimmelnden Fischen klagte um den Tod des Helden, und Mutter Thetis, die Leiderfahrene, fuhr mit der Schar der Nereiden zur Küste empor.

Als die Griechen die vom silbernen Mondglanz umflossenen Göttinnen, die in ihrem Schmerz vergessen hatten, menschliche Gestalt anzunehmen, plötzlich dem schäumenden Meer entsteigen sahen, flohen sie verschreckt zu ihren Schiffen und verbargen sich dort bis zum nächsten Morgen. Die Nereiden schritten, wandelnde Gestirne, über den Strand und umringten in stummem Schmerz die Bahre, und Thetis warf sich schluchzend an die Brust ihres toten Sohnes. »Kindlein, geliebtes Kindlein, so bist du denn der mächtigen Moira doch nicht entgangen«, wehklagte die Göttin, »doch eines will ich dir schwören, Söhnchen, deine Seele wird nicht im Hades seufzen, ich will dir eine Insel im fernen Nordmeer schenken, ein Eiland mit lieblichen Hainen und sprudelnden Quellen, die du noch als Schatten beherrschen sollst!«

Sechzehn Tage und Nächte trauerten die Griechen gemeinsam mit Thetis und ihren Schwestern um den Helden, dann wurde sein Leichnam

auf einen Scheiterhaufen, mächtiger noch als der des Patroklos, gehoben, und Agamemnons Fackel entzündete das harzige Holz. Die ganze Nacht hindurch fachten die hilfreichen Winde das Feuer zur himmelaufragenden Lohe, und am Morgen dann betteten die Myrmidonen den sterblichen Überrest ihres jungen Königs in einer Truhe aus Silber und Gold neben die Urne mit dem Gebein des geliebtesten Freundes in die Erde, und ein riesiger Hügel überwölbte die Ruhestatt der nun im Tode Wiedervereinten. Noch einmal versammelten sich die Griechen zur gemeinsamen Klage; die schöne Briseïs schnitt sich ihre goldenen Locken ab und opferte sie ihrem dahingegangenen Herrn, und auch die beiden unsterblichen Rosse Balios und Xanthos traten ans Grabmal und ließen ihre Tränen auf die frisch aufgeworfene Erde tropfen, dann aber rissen sie sich von den Strängen und entrannten, Söhne des Sturmwinds, den Achaiern in die freie Steppe, denn es war ihnen leid, länger den mördrischen Menschen dienstbar zu sein.

Athene schlägt den Großen Ajax mit Wahnsinn

Am nächsten Morgen tauchte Thetis ins Meer, Siegestrophäen für die Kampfspiele, die nun zu Ehren ihres geliebten Kindes stattfinden sollten, herbeizuschaffen, und so schnell wie die weiße Woge der Brandung ans Land rollt, kehrte sie wieder und breitete am Strand eine Fülle der herrlichsten Preise aus: Dreifüße, Becken, goldene Becher, getriebene Schalen, Milchkühe, feurige Rosse und kunstverständige, holde Jungfrauen, alles Beutegüter des gefallenen Helden, die er seiner Mutter einst übereignet hatte. Der begehrteste Schatz jedoch waren die Rüstung und die Waffen Achills selbst, und sie sollten, so bestimmte Thetis, dem Krieger zufallen, der die größten Taten bei der Bergung des Leichnams ihres Sohnes vollbracht hatte.

Die Kampfspiele währten den Vormittag über; Diomed gewann den Wettlauf, der Große Ajax den Diskuswurf, Teukrer das Bogenschießen und ein Fürst namens Eumelos das Wagenrennen, und nun warteten alle Achaier begierig, wem der unübertreffliche fünfschalige Schild, der schwarzleuchtende Harnisch, der ragende rossbuschgekrönte Helm, das Schwert mit dem Buckelgriff aus Silber, die Lanze mit dem Bergeichenschaft und die zinnernen Bein- und Knöchelschienen zufallen sollten, und jedermann war für sich der Meinung, es gebe nur einen Würdigen, diese Wehr zu tragen, und das sei der Große Ajax, der den Leichnam des Peliden einen Halbtag lang wie ein Löwe verteidigt und ihn schließlich auf den Schultern aus der Schlacht geschleppt hatte.

»Wie soll dieser Kampf ausgetragen werden, unsterbliche Göttin des silberflutenden Meeres?«, fragte Agamemnon, und Thetis trocknete ihre Tränen, die während der Wettkämpfe noch unaufhörlich geflossen waren, und schlug vor, dass Agamemnon zwei weitere Könige zu einem Gericht bestimmen und jeder Bewerber dann vor dieses Forum treten und seinen Anspruch begründen solle, worauf die drei Fürsten ihr Urteil fällen würden. Agamemnon berief den greisen Nestor sowie den Kreterkönig Idomeneus, die beide nicht am Kampf um Achills Leichnam beteiligt gewesen waren und sich daher nicht selbst um den Preis bewerben konnten, als Richter neben sich, und kaum war dieser Gerichtshof gegründet, sprangen auch schon zwei der Helden vor: Odysseus und der Große Ajax. Agamemnon gab als Erstem Ajax das Wort, und der Hüne schilderte, wie er, die Troer abzuwehren, durch Stunden das Schwert über dem entseelten Körper geschwungen und ihn samt Rüstung und Waffen, eine Last, die kein anderer Achaier hätte aufheben können, schließlich von Trojas Tor bis hin zu den Schiffen geschleppt hatte. Er erinnerte auch an all seine übrigen Taten, doch die Kunst der Rede war ihm nicht verliehen; er setzte die Worte schwer wie Feldsteine, seine Sätze waren ungeschlacht, und die Gesten, die seinen Vortrag begleiteten, plump und grob. Odysseus konnte nur darauf hinweisen, dass er den schleppenden Ajax mit dem Schild gedeckt hatte, doch er tat dies so beredt und fand so einleuchtende Gründe und überzeugende Argumente dafür, dass diese seine Leistung weit grö-

ßer als die des Ajax gewesen sei, und er verstand es auch so geschickt, hier ein Schmeichelwort auf Agamemnon, da eine Lobpreisung Nestors und dort einen Ruhmesspruch auf den Kreterkönig in seine Rede zu flechten, dass das Gericht, das anfangs, um keinen der unersetzbaren Helden zu kränken, die Rüstung und die Waffen zu gleichen Teilen hatte vergeben wollen, nun ihm, dessen Taten doch wahrhaft weniger wogen als die des Ajax, den Preis zuerkannte.

Da Ajax diesen Spruch vernahm, verfärbte er sich; schwarze Galle schoss ihm ins Blut, und seine Augen begannen finster zu glühen; zugleich aber lähmte ein schneidender Frost seine Glieder, und die Stimmen ringsum mischten sich in seinem Ohr zu einem unverständlichen Geheul. Seine Knie bebten; er musste sich auf seine Lanze stützen; eine Zeitlang stand er so da, und hinter seiner Stirn hämmerte ununterbrochen der Wortlaut des Spruches, und schließlich schleppte er sich in sein Haus, wo er auf der Ruhestatt niedersank. Seine Lieblingssklavin Tekmessa, die mit ihm das Lager teilte, erkannte, dass ihrem Herrn etwas Unsagbares widerfahren sein musste; sie wollte ihn nach dem Grund seiner Verdüsterung fragen, jedoch der Hüne blickte derart drohend, und seine Kiefer mahlten so grauenvoll aufeinander, dass Tekmessa ihn nicht anzureden wagte und forteilte, um Teukrer, den sie im Gebirge jagen wusste, zu Hilfe zu holen.

Als die Nacht eingebrochen war, erwachte Ajax aus dem dumpfen Hindämmern; er entsann sich des kränkenden Schiedsspruches und sprang vom Lager, und er vermochte wieder zu denken, und seine Knie bebten nicht mehr. »Sie müssen sterben, alle müssen sie sterben«, so murmelte er vor sich hin, und er überlegte einen Augenblick, ob er nur Agamemnon, Nestor, Idomeneus und Odysseus niederstrecken und die übrigen Griechen verschonen sollte, doch schnell war diese milde Regung wieder gewichen, und er sagte laut: »Alle müssen sie sterben, alle, denn sie haben's, die verruchten Hunde, geduldet; ich will sie drum alle niederhaun und danach ihre Schiffe verbrennen!« So redete der Große Ajax zu sich selber, dann ergriff er sein Schwert und trat hinaus in die sternklare Nacht.

Athene aber hatte die ganze Zeit hinter dem Grollenden gestanden und seine Pläne mitangehört, ja sie war es eigentlich gewesen, die dem Odys-

seus solche Beredsamkeit verliehen und das Gericht vom ursprünglichen Entschluss, den Siegespreis zu teilen, abgebracht hatte. Die hohe Göttin hasste, obwohl sie aufseiten der Griechen stand, den Hünen unbändig; er hatte ihr nämlich einmal, als sie ihn zum Kampf anspornen wollte, abweisend bedeutet, sie möge ihre Kraft einem anderen Krieger leihen, er, Ajax, habe ihren Beistand nicht nötig: Wo er stehe, wanke die Reihe nicht; und ein anderes Mal war ihm sogar das Wort über die Zunge gegangen, dass jeder, der sich auf Götterhilfe verlasse, im Grunde ein Taugenichts sei, da dem wackeren Krieger noch allemal der eigene Mut genügen müsse. Diese beiden Reden konnte ihm die Unsterbliche weder vergessen noch vergeben; sie hatte schon lange auf eine Gelegenheit gewartet, Ajax ein schimpfliches Leid anzutun, und nun, da er mit dem blanken Schwert in der Hand ins Lager hinaufschritt, den wehrlosen Schlafenden die Kehlen abzuschneiden, sah Athene die Stunde ihrer Rache gekommen. Mit der Rechten packte sie das Haupt des Hünen und grub ihre spitzen Finger in seine Schläfen, und in diesem Augenblick kam den Helden der Wahnsinn an. Er wandelte wie im Traum im Lager umher und sah nicht Hütten noch Häuser und hörte keinen der tiefen Atemzüge der Schläfer; mit glotzendem Blick und blöde grinsend tappte er durch die Straßen und schritt zu den Koppeln am Ufer des Skamandros hinüber, wo das gesamte unverteilte Vieh des Fußvolks: Schafe, Schweine, Ziegen und Rinder, die Nahrung des Heeres für viele Monate, eingepfercht auf der Weide stand. Als die Hirten den Lallenden mit dem blanken Schwert erblickten, bargen sie sich entsetzt unter der Uferböschung; Ajax aber trat vor die Herden, und plötzlich brüllte er dumpf wie ein Stier und zückte das Schwert und stach auf das Vieh ein, das sich in Todesängsten zusammendrängte, und Ajax durchhieb zwei feisten Widdern die Kehle und rief mit gellendem Hohngelächter: »Nun, wie behagt euch das, Nestor und Idomeneus? Ist das nicht eine treffliche Art, euch ein richtiges Urteil fällen zu lehren? Wiederholt doch, ihr Hunde, euren Spruch, dass Odysseus den Schild des Achill verdient hat!«

So redete er meckernd und lallend, dann brüllte er ein zweites Mal auf, und nun fuhr er schlachtend und metzelnd unter die Herden und tötete, wo er noch zuckendes Leben sah; er köpfte einen Ziegenbock aus Lemnos

und durchstieß einem thrakischen Ochsen die Rippen und speerte einen Widder aus Samos und ein Rind aus kilikischem Stamm; sein Leibrock troff von Blut, sein Gesicht war verkrustet und seine Haare zu Schlangen zusammengeleimt. So schwang er das Schwert, bis ihm der Arm erlahmte, und mordete alles Vieh bis auf zwei Hammel, die schnürte er mit Stricken zusammen, warf sie sich über die Schulter und schleppte sie durchs Lager in sein Gemach. »Nun zu dir, Odysseus«, murmelte er, »nun zu dir, du prahlender, feiger Hund, und zu dir, du Lumpenkönig Agamemnon; ihr sollt jetzt erfahren, wie Ajax seine Freunde willkommen heißt!« Mit diesen Worten band er einen der Widder an einen Säulenpfosten und drosch ihm mit der Geißel das Fleisch vom Rücken; dann zerstückelte er das misshandelte Tier und streute die blutigen Fetzen in seinem Gemach umher. Da er dies tat, erschien ihm Athene und fragte den Rasenden, was er da vollbringe. »Große Heldentaten, unsterbliche Pallas, und strenge Gerichte«, murmelte der Unselige, und er ergriff den noch lebenden Widder am Maul, hob ihn hoch, ließ ihn in den Lüften zappeln und brüllte dabei: »Da habe ich den verruchten Odysseus, den will ich züchtigen, wie er es verdient!« – »Willst du nicht Milde walten lassen und ihm nur die Gurgel abschneiden, ohne ihn vorher zu quälen?«, fragte die Göttin mit heuchlerischer Milde, doch Ajax schüttelte grimmig den Kopf. »So handle denn, wie du es für richtig erachtest«, sagte die Göttin, und Ajax schnürte den zweiten Widder an den Pfosten und zerstäupte ihm mit der Geißel die Lenden, und als er gerade zum letzten Schlag ausholen wollte, berührte die Göttin lächelnd die Schläfe des Blutbesudelten und entschwand. Ajax erwachte aus seinem Wahnsinn; er sah vor sich den zerfleischten Widder und sah im Gemach verstreut die zerschlitzten Gedärme und zerstückelten Knochen, und er sah an sich herab und sah sich triefend und starrend von Blut, und er hielt die Geißel in seiner Hand, und jählings wusste er, was er getan. »O Götter, Götter, wie habt ihr mich grausam verblendet!«, schrie er in wildestem Schmerz. Da hörte er draußen im Lager schon das Brodeln von drohenden Stimmen und rasch sich nähernde Schritte einer großen Menge: Die Hirten hatten Agamemnon von dem Gemetzel berichtet, und der Oberbefehlshaber hatte entsetzt festgestellt, dass das gesamte Schlachtvieh zusammengehauen

war und morgen würde verscharrt werden müssen, und nun eilte er mit ein paar rasch geweckten Fürsten zu Ajax' Haus, sein Strafgericht zu halten. Da der Blutbesudelte die Schritte und Stimmen hörte, stahl er sich rasch aus dem Haus, floh hinunter ans Meer, suchte eine verborgene, mit dichtem Gestrüpp bewachsene Bucht auf, hob dort die Hände zum Himmel und flehte Zeus um die geringe Wohltat an, dem lieben Bruder Teukrer Kunde von diesem Ort zu schaffen, damit sein, des armen, verstoßenen Ajax' Leib bestattet werden könne, dann grub er den Knauf und die halbe Klinge des Schwertes, das Hektor ihm einst nach beider Zweikampf überreicht hatte, in die Erde, entblößte seine Brust und stürzte sich in das geschliffene Erz. So fand ihn sein Bruder Teukrer am Mittag desselben Tages, und Teukrer erwirkte auch mit Hilfe des Odysseus, der sich am Wahn des Hünen nicht schuldlos fühlte, dass gegen die Meinung der anderen Könige, die den Leichnam als den eines Schädlings und Feindes des eigenen Volkes den Fischen im Meer zum Fraß vorwerfen wollten, der riesenhafte Körper des Ärmsten zu den Schiffen getragen und dort verbrannt und bestattet wurde.

Odysseus bereitet eine List vor

Durch die Wahnsinnstat des Großen Ajax war das hellenische Heer von einer Hungersnot bedroht: Der gesamte Fleischvorrat war vernichtet; die Ortschaften nah und fern lagen längst ausgebrannt und öde; die Jagd in den Wäldern schaffte kaum Wild für die Tafel der Könige, und es konnte noch viele Monate dauern, bis wieder Nachschub aus Lemnos kam. So blieb den Griechen nur noch der Versuch eines letzten Großangriffes auf Ilion, und, als dieser im Hagel der Geschosse und Steine zusammenbrach, schließlich nichts als die Fahrt in die Heimat.

Das Volk begann schon die Schiffe zu rüsten; der Rat der Könige aber grübelte ohne Unterlass nach einem Ausweg, und schließlich kam Odys-

seus ein rettender Gedanke. »Lasst uns«, so sprach er, »ein riesiges Pferd aus Holz bauen und in dessen gehöhlten Leib dreißig der tapfersten Griechen einschließen; danach soll das Heer seinen Abzug vortäuschen, nachts das Lager räumen und niederbrennen, absegeln und hinter dem nächsten Kap vor Anker gehen. Gewiss werden dann die Troer das zurückgelassene Pferd als willkommene Beute in die Stadt schaffen, und wenn Ilions Volk dann sorglos und freudetrunken im Schlaf liegt, werden wir dreißig dem Versteck entsteigen, durch ein Flammenzeichen die Flotte zurückrufen und dann den ahnungslosen Feind überwältigen!«

So sprach Odysseus, aber Agamemnon schüttelte bedächtig das Haupt. »Der Plan ist schlau und kühn und deiner würdig, Odysseus«, erwiderte er, »wie aber, wenn die Troer uns misstrauen und das Pferd zerschlagen oder in Brand stecken? Dann sind die besten Helden und Könige zugleich mit jeder Siegeshoffnung sinnlos dahingeopfert worden! Nein, dieser Vorschlag ist zu gefährlich!«

»Ich habe auch dies bedacht, Oberbefehlshaber«, entgegnete Odysseus, »du bist mir nur vorschnell in die Rede gefahren! Damit die List gelinge – und sie *muss* gelingen –, ist es notwendig, dass sich ein beherzter und redegewandter Mann, der aber den Troern nicht bekannt sein darf, findet, der, von uns gefesselt, ebenfalls zurückbleibt und sich am Ufer verborgen hält. Wenn die Troer dann ins verlassene Lager strömen, muss er sich ihnen nahen und erklären, wir hätten ihn vor unserer Abfahrt Athene zu Ehren opfern wollen, doch es sei ihm im letzten Augenblick noch gelungen, dem Stahl des Opferpriesters zu entfliehn. Kein Wort darf ihm zu widrig und zu schmutzig sein, uns zu beschimpfen; er darf auch nicht davor zurückschrecken, seine Vaterstadt zu verfluchen und vor dem Feind auf die Knie zu fallen und um Aufnahme ins Volk der Troer zu bitten, und wenn er sich dann auf diese Weise das Vertrauen der Priamoskrieger erworben hat, muss er ihnen einreden, wir hätten das hölzerne Pferd absichtlich so breitbeckig gebaut, dass die Troer es nicht durchs Tor in die Stadt schaffen könnten, denn ein Orakel habe kundgetan, dass Athenes Gunst für immer dem gehören werde, der im Besitz dieses Weihegeschenkes sei. Sicher werden die Feinde dann alles daransetzen, das Pferd in die Burg zu ziehen, und wenn

wir erst einmal in der Stadt sind, wird alles so geschehen, wie ich es geschildert habe!«

»Das ist vortrefflich!«, rief Diomed; die anderen Könige zollten diesem Plan ebenfalls ihren Beifall, und schließlich erklärte sich auch der zögernde Agamemnon mit ihm einverstanden. So wurde denn rasch an dieses Riesenwerk geschritten, und Odysseus teilte die Arbeit dafür umsichtig ein: Eine Gruppe fällte Bäume, eine zweite fuhr Stämme ins Lager, eine dritte entrindete und entästete sie, und eine vierte zersägte sie zu Brettern, eine fünfte hieb Keile und Nägel zurecht, eine sechste formte Kufen und Reifen und eine siebte den Schweif und die Mähne aus Rosshaar, und als der dritte Tag zu verdämmern begann, stand ein Wundergebilde im griechischen Lager: ein hölzernes Pferd, mächtig sein Leib auf vier säulengleichen Beinen, kühn geschwungen der Hals und von einer wilden Mähne überflattert der grimmige Kopf mit den großen gläsernen Augen, und wer das fertige Werk von weitem sah, mochte tatsächlich glauben, hier stehe ein lebendes Ross von gigantischer Gestalt.

Als die Arbeit getan war, hieß Odysseus die Krieger vortreten, die es wagen wollten, sich dieser finsteren Holzgruft anzuvertrauen, und siehe, es meldeten sich ihrer so viele, dass das Los entscheiden musste, das dann auf Menelaos, Odysseus, Diomedes, Sthenelos, Thoas, den lokrischen Ajax, Idomeneus, den jungen Epeios und manchen andren kühnen Helden fiel. Für das Amt des angeblichen Überläufers jedoch fand sich lange Zeit niemand, bis sich schließlich ein Ziegenhirt namens Sinon bereit erklärte, das noch nie Erprobte zu unternehmen. Als die Nacht einbrach, stiegen die dreißig auf einer Strickleiter ins hohle Gehäuse, zogen die Leiter zu sich empor und verschlossen die Tür; Sinon ließ sich die Hände auf den Rücken schnüren und verbarg sich in einem nahen Sumpfdickicht, und die Achaier rissen die Häuser und Hütten und Ställe und Scheunen, die ihnen zehn Jahre lang Heimat gewesen waren, ein und brannten sie nieder, dann segelten sie hinter das öde und doch einst so blühend gewesene Kap Tenedos und warfen dort die Anker aus. Die Troer aber, die sich, da sie ja von Ajax' Tod und der Viehkatastrophe der Griechen nichts wussten, noch nicht wieder ins Feld gewagt hatten, standen auf den Zinnen ihrer Burg

und blickten verwundert auf das brennende Lager und sahen manchmal, wenn der Wind das Feuer schürte, ein weißes Segel auf der schimmernden See.

Der Tod des Poseidonpriesters

Am nächsten Morgen sandten die Troer Späher ins niedergebrannte griechische Lager aus, und als die Kunde durch Ilion eilte, die Feinde hätten das Feld geräumt und seien mit ihrer gesamten Flotte abgesegelt, da flogen die Tore der Burg wie von selbst auf, und in buntem Gewimmel strömten die zehn Jahre lang Bedrängten auf die Ebene hinaus, und es schien allen, als liege der Krieg, schon fast ein Schemen, in wüster, weiter Vergangenheit. Oder war er gar nur ein Alp, eine Chimäre, eine Spiegelung der Luft gewesen und nie geschehen, oder war dieser plötzliche Friede nur ein holder Traum, der alle umfing? Kein Waffengeklirr, kein Schlachtruf, kein Todesröcheln – aber hier war doch der Ort, wo Hektor, und dort, wo Achilles gefallen; hier zogen sich der zusammengestampfte Graben und die zertrümmerte Brustwehr hin; über dieser schwelenden Asche hatte sich einst das Haus des Agamemnon erhoben, und durch diese Rinnen waren die Schiffe ins Meer gezogen worden – es war die Wirklichkeit, und doch schien alles ein Trugbild, denn riesig, höher als ein Palast und breiter als jedes Tor, stand da ein Wundertier: ein Pferd aus Holz, einem lebenden Rosse täuschend ähnlich, seine Beine glichen vier ragenden Säulen, seine Brust wölbte sich trotzig wie ein Wehrturm, über dem grimmigen Haupt flatterte im Wind die Mähne, und im Glanz der Sonne blitzten die großen mandelförmigen Augen wie Karneol.

Staunend umringten die Troer das Pferd, doch keiner wagte es anzutasten; sie schritten zögernd und scheu um dies noch nie geschaute Weihegeschenk, das auf seinem eichenen Leib den Namen der Göttin Pallas Athene trug, und betrachteten fast andächtig die kunstvolle Fügung der Rund- und Langhölzer, und schließlich schlug einer der Bürger vor, Rollen zu bauen, sie unter das Pferd zu schieben und die Beute auf den Ratsplatz der Burg zu ziehen, wo man sie dann täglich bestaunen könne. Das Volk stimmte zu, da aber eilte der Poseidonpriester Ilions, ein weiser Mann namens Laokoon, der seinem Gott auf einer Höhe nahe der Ebene geopfert hatte, quer über das Feld und schrie, seinen Speer schüttelnd, schon von weitem: »Haltet ein, Bürger, haltet ein! Seid ihr von Sinnen? Wer hat euch verblendet? Glaubt ihr wirklich, die Griechen könnten ein Werk verrichten, das nicht mit Betrug und Bosheit im Bunde ist? Vielleicht ist das eine Kriegsmaschine, die unsere Mauern zerstören soll, vielleicht haben sie einen Feuerbrand drin verborgen, den das Maul dann auf unsere Dächer speit, vielleicht – doch wir werden ja gleich sehen, welch Unheil dieses Gebilde birgt, denn das eine weiß ich gewiss: Was immer auch sei, ich misstraue den Griechen, auch wenn sie Geschenke bringen!«

Mit diesen Worten packte der Priester seine Lanze und trieb sie mit kraftvollem Arm zwischen zwei Rippen, so dass die Bauchhöhlung dumpf erdröhnte und die Waffen der verborgenen Helden aneinanderklirrten. »Die Schwerter heraus und das Pferd zerhaun«, schrie Laokoon, »hier klirrt das Verderben!« In dieser Minute wäre es um Odysseus' Schar geschehen gewesen, und Troja stünde noch heutigen Tages schimmernd am Hellespont auf Kleinasiens Höhen, wenn Sinon nicht aus seinem Versteck gekrochen wäre. »Ein Grieche! Ein Grieche!«, rief der Erste, der ihn erblickte, und sofort wandten sich alle Augen dem Gefesselten zu, der nun auf die Troer zuging und vor ihnen in die Knie sank. »Zerfleischt ihn für alle Missetaten seines schändlichen Volkes!«, schrie eine Stimme, und: »Steinigt ihn!« – »Zertretet ihn wie einen Wurm!« – »Verbrennt ihn!«, so eiferten andere; König Priamos aber, der indes mit seinem Kampfwagen zum hölzernen Pferd gefahren war, gebot Ruhe, und Sinon rief: »O unseliges Geschick, das mich, den die Griechen aus ihren Reihen gestoßen haben, nun so grausam ins schwarze Verderben schleudert! Die hündischen Achaier haben mich zum Sterben bestimmt; mit Mühe bin ich ihnen entronnen – muss ich Unseliger nun den Tod von den frommen und tapfren Troern erleiden?«

Diese Rede besänftigte die erhitzten Gemüter und erregte jedermanns Neugier; die Ilionssöhne drängten sich um Sinon, und Priamos gebot dem Knienden sich zu erheben und unverzagt sein Geschick zu erzählen. »Ich will es ja gar nicht leugnen, Spross eines griechischen Fürsten zu sein und diesem verruchten Volk zu entstammen«, begann der listige Hirt seine Rede, und er nannte dieses sein Volk lügnerisch, ränkevoll, verderbt, rachsüchtig, heuchlerisch, doppelzüngig, diebisch, grausam und blutgierig und nur auf des Nächsten Schaden bedacht, und er erzählte, dass sein, Sinons, edler und grader Sinn unmöglich mit dieser Rotte von Lügnern und Betrügern habe auskommen können, so dass er schon seit den ersten Tagen des Krieges vom unauslöschlichen Hass des Odysseus, dessen Unterschleife und mörderische Ränkespiele er vor allem Volk aufgedeckt und getadelt habe, verfolgt worden sei. »Mit dem Schwert ist dieser feige und prahlerische Schuft nie vor mich hingetreten«, sprach Sinon, »nun aber, vor der Stunde der Heimreise, da hat er sich mit dem Hundsfott Kalchas, diesem schurkigsten aller Priester, zusammengetan und ihn mit Beutegut bestochen, aus der Leber eines Opfertieres zu weissagen, dass die Götter, wenn sie der griechischen Flotte Schutz auf dem stürmischen Meer gewähren sollten, ein Menschenopfer verlangten, und zwar nicht das Blut eines Sklaven oder Gefangenen, sondern das eines schlachterprobten Kriegers, nämlich das meine! So hat man mich gefesselt und ist schon dabeigewesen, mir die Augen zu verbinden, da habe ich mich losgerissen, mit den Füßen die Schurken zur Seite gestoßen und mich in einem nahen, unzugänglichen Sumpf versteckt, wo ich fast umgekommen wäre. Doch nun verfluche ich dieses Volk der Ottern und Wölfe und werfe mich dir, großmächtiger und weiser König Priamos, dessen Ruhm alle Sänger des Erdkreises singen, vertrauensvoll zu Füßen: Versage, König, mir Ärmsten deine Gnade nicht!«

Wieder kniete Sinon, und wieder hieß Priamos ihn aufstehen, und der greise König gab Befehl, die Hand- und Armfesseln dessen zu lösen, der Grieche gewesen war und es nun nicht mehr sein wollte. »Vergiss, woher du stammst«, sprach Priamos freundlich, »nun bist du einer der Unsern geworden, und darum gib uns jetzt redlich Auskunft: Was hat es mit dem Pferd da auf sich? Was birgt es in seinem Leib? Einen Segen oder ein Verderben?«

Sinon atmete tief, hob die befreiten Arme zum Himmel und sprach: »Euch, unsterbliche Feuer, die keiner straflos beleidigt, und auch dich, ruchloser Altar, darauf ich geschlachtet, und dich, verderbliches Schwert, mit dem ich zerhauen werden sollte, euch alle rufe ich zu Zeugen meiner Rede an: Nicht mehr hemmen mich die Gesetze der Heimat, meine Zunge ist frei und nicht mehr gebunden, und sie wird alles verkünden, was ich weiß! So hört denn, troische Brüder und Schwestern: Vor einigen Tagen hat der freche Odysseus gewagt, die hehre Athene zu verhöhnen, und seit dieser Zeit sind schreckliche Zeichen im Lager geschehen: Eine Pallasstatue auf dem Altar hat sich in Tränen aufgelöst, eine andere ist flammenumwogt durch die Straßen geschritten und hat sich dann in der Ödnis verloren, und schließlich hat eine donnernde Stimme – habt ihr sie denn nicht gehört? – verkündet, dass die Griechen allesamt vor Ilion untergehen würden. Daraufhin ist vom Rat der Könige die Heimfahrt beschlossen worden. Da hat die Göttin abermals kundgetan, sie werde die Flotte in alle Winde zerstreuen und sämtliche Krieger elend ersäufen, wenn ihr nicht ein Weihegeschenk aus Eichen- und Ahornholz errichtet werde, wie es kein andrer der Unsterblichen, nicht einmal Zeus, sein Eigen nennen kann. So ist denn dieses Pferd gebaut worden, und man hat ihm absichtlich derart riesige Maße gegeben, dass wir Troer es niemals in die Stadt schaffen und den Segen der hohen Himmlischen nicht auf unser Ilion ziehen können!«

So redete Sinon, und die Troer jubelten ob dieser Botschaft; Laokoon aber wandte sich mit beschwörenden Worten an Priamos. »O glaube dem Griechen nicht, edler König«, so rief er, »misstraue dieser glatten, gespaltenen Zunge, die da ›wir Troer‹ sagt, aber ›wir Griechen‹ meint! Lass mich Poseidon opfern, auf dass er unser Werk segne, dann wollen wir mit unseren Schwertern dies Unheilsbild zerhauen und uns mit eigenen Augen überzeugen, was es in seinem Innern birgt!«

So rief der Priester und eilte, Poseidon ein Stieropfer darzubringen, zum Meeresstrand, wo seine beiden Söhnlein an den Startrinnen der griechischen Schiffe spielten, doch er hatte kaum das Ufer erreicht, da schnoben, mit Sturmesschnelle auf den Wogenkämmen reitend, zwei riesige geflügelte Schlangen, Geschöpfe der Pallas, von Tenedos her an die Küste und stürzten sich, fürchterlich zischend und ihre Zähne im blutroten Rachen bleckend, auf den Priester und dessen Kindlein, und während die Troer, vor Schreck erstarrt, sich nicht zu rühren wagten, umringelte eine Schlange die Söhne, presste mit ihrem schuppigen Leib die beiden kleinen Leben zusammen und grub ihre Zähne in die ungeschützten Hälse ein. Der Vater eilte brüllend und die Streitaxt, die den Stier hatte fällen sollen, in der Rechten schwingend, den Söhnen zu Hilfe, doch ehe er sie erreichte, hatte ihn schon die andere Schlange umwunden wie ein Schlinggewächs einen Baumstamm und begann nun ihre rippenzermalmenden Ringe zusammenzuziehn. Die Axt fiel dem Jammernden aus den Händen; sein Brüllen erstickte in der würgenden Umarmung; das Untier spie dem Verröchelnden gelben Geifer ins Gesicht und drückte ihm die Luft und das Blut aus den Lungen, und als das grausame Werk vollbracht war, wälzten sich die beiden riesigen Würmer zum Tempel der Pallas vor den ragenden Wäldern und ließen sich dort zu Füßen der Gottheit nieder.

»So richtet die hohe Athene den Frevel, den Laokoons Lanze ihrem Weihegeschenk angetan«, rief Sinon, und alles Volk erkannte die Schlangen als Gotteszeichen, und nun wurden in Eile Räder unter die Füße des Pferdes gesetzt und ein Stück Mauer ausgebrochen, das Tor zu vergrößern; Kränze aus Blumen, Lorbeer und Eichenlaub wurden dem Pferd um den Nacken gewunden, und so, von Knaben und Mädchen umringt, mit frommen Hymnen und Göttergesängen, wurde das Unheilsgeschenk zur Festung gezogen und schließlich durchs erweiterte Tor gedrückt. Viermal stockte das Pferd unterm Torbogen; viermal klirrten die Waffen in der Höhlung des Bauches, viermal erscholl das Zeichen der Warnung, aber die Verblendeten hörten es nicht, und hätten sie es gehört, so hätten sie es gewiss als Götterbotschaft gedeutet, dass Trojas Waffenruhm blühen werde bis zum Ende der Welt.

Die Griechen zerstören Troja

Das Pferd war in die Burg gezogen, die Troer saßen beim Festmahl und zechten, nur Kassandra wanderte einsam und klagend durch die mondhellen Straßen der Stadt. Sie war eine Prophetin: Apollon hatte ihr einst versprochen, sie mit der Gabe der Weissagung zu beschenken, wenn sie sein Lager teile, und Kassandra hatte zugesagt; doch dann, als der Gott ihr schon mit magischer Hand über Augen und Schläfen gestrichen und sie plötzlich weit in die rinnende Zeit schauen konnte, hatte sie sich ihrer Zusage geschämt und dem Gott das Beilager verweigert. Darüber erzürnt, hatte Apollon sie wenigstens um einen Kuss gebeten und ihr, als sie dies gewährte, in den Mund gespien und damit seiner Gabe, in die Zukunft blicken zu können, den Fluch hinzugefügt, dass niemand ihre Gesichte ernst nehmen würde. So wanderte denn Kassandra jetzt durch die Straßen und rief in den ausgelassenen Lärm des Zechens ihr: »Wehe, wehe, Ilion brennt! Es brennt die Burg, und es brennen ringsum die Häuser, Blut fließt in Strömen durch die Gassen – wehe dir, Ilion, wehe dir!« Und sie rief's, und ihr antwortete brüllendes Gelächter, und König Priamos schüttelte den Kopf und sprach: »Töchterlein, armes, verwirrtes Töchterlein, die du immer nur törichte Dinge faselst – diesmal liegt es doch klar auf der Hand, dass du unrecht hast: Die Griechen sind übers Meer gezogen, ihr Lager ist niedergebrannt, ihr Weihtum von uns übernommen – was sprichst du da von Unheil, Närrin!« – »Das Pferd, das Pferd«, rief Kassandra voll Schmerz, »ich seh den Bauch des Pferdes sich auftun, Eisen um Eisen klirrt heraus und wirft sich auf Ilion, seine Männer zu morden, und übers Feld rast der griechische Sturm und sprengt unsre Tore. – Wehe Ilion, wahre dich!«

»Geh weiter, du heulende Äffin, und verdirb uns die Festfreude nicht«, rief Paris und scheuchte mit einer Handbewegung seine Schwester von dannen, und Kassandra wandelte fort und schrie ihre Gesichte durch die Straßen, aber die Trunkenen hörten das nicht. Indes kauerten die Männer im Bauch des Pferdes, und das Ausharren fiel ihnen bitter schwer: Die Luft war stickig; ihre Glieder erlahmten im regungslosen Hocken, und Furcht, im letzten Augenblick doch noch entdeckt zu werden, peinigte sie. Die

Stunden rannen endlos dahin wie volle Tage; die Finsternis hatte Zeit ausgelöscht, so dass niemand mehr wusste, ob es Mittag oder Abend war; da endlich hörten die Eingeschlossenen das Stimmengewirr der Zecher verstummen, und auch die müde Stimme Kassandras erscholl nicht mehr. Wie eine Meereslast lag die Stille auf den harrenden Kriegern, und der junge Epeios, den die Lanzenspitze Laokoons am Morgen beinah getötet hätte, war nahe daran, vor Erregung zu schreien, da endlich klopfte es dreimal an den Nabel des Pferdes: Sinon hatte, nachdem er die Wachen niedergemacht und die Flotte mit einer geschwungenen Fackel zurückgerufen, das verabredete Zeichen gegeben. Leise schob Odysseus den Riegel zurück und warf die Strickleiter aus; Epeios wollte sich als Erster auf die Strickleiter schwingen, doch er stolperte und fiel durch die Luke auf den steinernen Boden und verspritzte sein Hirn und sein Blut. Nun drängten die Helden rasch hinunter, und wie sich ein Wolf auf die eingepferchte wehrlose Schafherde stürzt, so warfen sich die dreißig über die unter Schlaf und Wein begrabene Stadt.

Die Mitternacht war schon vorübergegangen, als der Angriff begann; drei Stunden währte die Nacht noch bis zur ersten Morgenröte, in diesen drei Stunden aber waren Kampf und Qual und Grimm und Tod so dicht zusammengepresst wie in drei Jahren der offenen Feldschlacht. Die ersten hundert schlachteten die Griechen, ohne einen Tropfen ihres eigenen Blutes zu vergießen; das Stampfen der Schritte und das Sausen der Schwerter und das Geröchel der Sterbenden weckte die Ilionssöhne, die im leichtesten Schlummer lagen; sie fuhren auf und stellten sich, jäh ernüchtert, zum Kampf, und nun riss das Waffengeklirr und Wehgeschrei jeden Troer aus dem so kurzen Schlaf.

Doch da war das achaische Heer schon über die Ebene gejagt und in die Stadt eingedrungen, und die Lage der Troer war hoffnungslos. Die Überfallenen wehrten sich mit allem, was ihnen gerade zur Hand war, mit Äxten, Sägen, Bratspießen, Fleischhaken, Holzscheiten, Stühlen, Riemen, Krügen und Steinen; sie krallten sich in den Hals der Feinde, stürzten Feuerbrände auf die Eindringlinge oder versuchten sie in Netzen zu fangen; sie fügten den Griechen noch manche Verluste zu und erschlugen sieben der dreißig Helden des hölzernen Pferdes, doch aller Widerstand war vergeblich, und die tapferste Abwehr blieb umsonst: Haus um Haus wurde gestürmt und Straße um Straße genommen, und wie die Lohe eines gigantischen Scheiterhaufens schlug Ilions Brand zum Nachthimmel auf.

Aeneas hatte lang und treu an der Spitze seiner Krieger gekämpft und mit grimmigen Lanzenstichen und Schwerthieben versucht die Angreifer zurückzuwerfen; doch nun, da er sah, dass Stadt und Burg in Flammen standen und ihre Verteidiger erschlagen im Staub lagen, sprach er zu sich: Nicht heldenhaft, sondern töricht wäre es, den Kampf jetzt halsstarrig fortzusetzen und als Einzelner eine Schlacht gewinnen zu wollen, die nie mehr gewonnen werden kann. Das Schicksal hat entschieden, Troja ist gefallen, nun muss ich die Meinen zu bergen versuchen! Mit diesen Worten lud er sich seinen greisen Vater Anchises auf die Schulter, nahm sein Söhnlein Askanion unter den Arm und stapfte über die Leiber der Toten hinweg durch Rauch und Brand dem Westen zu, im fernen Land eine neue Stadt und ein neues Königsgeschlecht zu gründen. Davon aber handelt ein andrer Gesang.

Die Verteidiger Trojas waren gefallen; dem greisen König Priamos hatte Diomedes mit leichtem Schwerthieb das Haupt vom welken Rumpf getrennt; Paris aber, der in seiner Schicksalsstunde heldenhaften Widerstand geleistet und mit einem Stoßtrupp die Griechen sogar noch einmal bis ans Skäische Tor zurückgejagt hatte, war in seinen Palast geeilt und versteckte sich dort, nachdem er das Tor verrammelt hatte, im Gewinkel der Gänge und Flure. Er war allein; seine Pfeile waren verschossen, nur noch ein Dolch war ihm geblieben, und da nahte auch schon das Verhängnis: Menelaos rannte, erbitterte Racherufe ausstoßend, mit den Schultern das Tor zu Paris' Palast ein, und sein Brüllen drang in alle Gemächer. Da Paris es vernahm, schwang er sich auf einen Deckbalken und hielt den Dolch bereit. »Paris, du Feigling, stell dich zum Kampf!«, brüllte Menelaos, und Paris, der hoffte, seinen Gegner durch einen jähen Überfall zu verwirren, sprang ihm von der Decke aus plötzlich in den Rücken; allein Menelaos, der das Knacken des Balkens vernommen hatte, zückte im Herumfahren sein Schwert, und es zerschlitzte den Troer vom Nabel bis zum Kinn. »Da liege, bis ich dich den Geiern zum Fraß vorwerfe, Elender!«, schrie Menelaos mit Donnerstimme, und als Helena in ihrem Gemach diese Worte hörte, wähnte sie ihre letzte Stunde gekommen. Sie zerriss ihr Gewand und schmiegte sich, Bergung suchend, in die äußerste Ecke ihrer Kammer und flehte Aphrodite um Hilfe an; ihre Worte verwirrten sich zu einem hilflosen Gestammel, und sie flehte und wimmerte und hörte die nahenden Schritte und sah, wie die Tür aufflog, und sah Menelaos, das bluttriefende Schwert in der Rechten, in ihr Gemach dringen, und Menelaos erblickte nun nach zehn Jahren zum ersten Mal wieder seine Gemahlin und sah sie, die innig Vertraute und dennoch Fremde, die Vielgeliebte und über alles Gehasste, die um zehn Jahre Gealterte, die nun in ihrer Todesangst einem scheuen, unberührten Mädchen, das vor dem Mann geflohen ist, glich; er sah sie in die Ecke der Kammer geschmiegt und sah ihr goldenes Haar und ihre berückende Gestalt, und er dachte, dass diese Schönheit den Tod so vieler tapferer Helden verschuldet, und er trat vor sie hin und hob das Schwert, ihr den Kopf zu spalten, und ließ es in halber Höhe wieder sinken, und dachte, dass er der Ungetreuen den Tod geschworen, und hob das Schwert ein zweites Mal, und da sah er ihre entblößte Brust und vermochte ein zweites Mal nicht zuzuschlagen, und er wandte seine Augen ab und holte, zum tödlichen Stoß nun fest entschlossen, zum dritten Mal mit dem Schwert aus, da hörte er, nach zehn Jahren, ihre, der Vielgeliebten, der Nie-Vergessnen Stimme seinen Namen flüstern, und da warf er das Schwert auf den Boden und hob sein Eheweib in die blutigen Arme und trug sie, da der Palast nun auch zu brennen begann, ins Freie hinaus. Vor dem Palast aber rief ihn ein Herold zur Ratsversammlung.

Die Griechen treten die Heimfahrt an

Vor der Abfahrt trat der Rat der Könige auf den Zinnen des brennenden Troja noch einmal zusammen, um über zwei Fragen zu verhandeln: über das Verbrechen des lokrischen Ajax und über das Schicksal des Hektorsöhnleins, und in jedem Fall fiel ein Rechtsspruch schwer. Der lokrische Ajax hatte wider Pallas Athene gefrevelt, und zwar auf folgende Weise: Nach der Niedermetzlung der Troer waren, wie es als ihr Recht galt, die Helden ausgeschwärmt, um Beute jedweder Art zu machen: pures Gold, Silber, Zinn, Erz und Juwelen und Edelsteine; Becken, Pokale, Schalen, Dreifüße und anderen Hausrat; lebendes Vieh, Säcke voll Korn und Krüge voll Wein oder Öl oder Honig; das wertvollste Beutegut aber war der Schöpfer jeglicher Schätze und allen Reichtums: der Mensch. Um manches arbeitskundige und kräftig gebaute Mädchen und manchen muskelstarken Knaben wurden sogar die Klingen gekreuzt, und auch im Fall des lokrischen Ajax war es um solch ein Beutegut gegangen: um Kassandra, die schöne Seherin. Ajax hatte sie im Palast des Priamos aufgespürt und war ihr, da sie ihm entlief, im Tempel der Athene Schutz zu suchen, in die geweihte Stätte, die ja nur Priester oder Schutzflehende betreten dürfen, nachgeeilt, hatte die Widerstrebende gepackt und an sich gerissen und dabei das Standbild der Pallas, das die Verfolgte umklammert hielt, in den Staub gestürzt. Dies galt nun als außerordentlicher Frevel, und die hohe Göttin Athene hatte auch, als ihr von der hämischen Eris diese Missetat eifernd zugetragen worden war, empört gerufen, der ruchlose König möge sich nicht zu sehr auf die Heimkehr freuen: Sein Schiff werde noch am ersten Tag der Fahrt in den Wellen versinken und keiner der Seinen jemals die Vaterstadt wiedersehen.

Über diesen Vorfall saßen nun die Könige zu Gericht, und Odysseus, der selbst Kassandra begehrte, schlug vor, den Frevler zu steinigen, um dadurch den Zorn der Himmlischen vom Griechenheer abzuwehren; Ajax jedoch trat Kassandra sofort an Agamemnon ab und gelobte, nach seiner Rückkehr der beleidigten Göttin einen herrlichen Altar zu errichten und ihn mit den erlesensten Beutestücken zu schmücken, und auf diesen Eid hin stand nach heftigem Wortwechsel die Mehrheit der Fürsten schließlich von einem Todesurteil ab.

Der zweite Spruch war ebenso schwierig zu fällen: Was sollte mit dem Söhnlein Hektors, dem Säugling Astyanax, dem Städtebeschirmer, geschehen? Er war der letzte männliche Spross aus Priamos' Geschlecht, und er war ein hilfloses Würmchen, das nun schlummernd in seinen Windeln lag und als einziger Bürger Ilions fröhlich lächelte. Die meisten der Könige waren nach dem endlich errungenen Sieg von Mitleid ergriffen; ein Teil schlug vor, das Knäblein mitzunehmen und es als Griechenkind großzuziehen; eine andere Gruppe riet, das Geschick des Säuglings in die Hände der Götter zu legen und ihn in Ilions Trümmern zurückzulassen; Agamemnon und Odysseus aber widersetzten sich hartnäckig all diesen Vorschlägen und beschworen die Könige, das Todesurteil zu fällen, denn niemals, so sagten sie, seien die Griechen vor kommender Rache sicher, ehe sie nicht Priamos' Stamm vollständig, bis auf den letzten Samen, vernichtet hätten. Die Versammlung jedoch zögerte, sich dieser Meinung anzuschließen; schon schien die Milde den Sieg davonzutragen, da packte Agamemnon den Säugling am Knöchel, schmetterte sein Köpflein wider die Mauer und warf ihn dann aufs Schlachtfeld hinunter. »So sei denn der Streit geendet, wie die Vernunft es gebietet«, rief der Oberbefehlshaber den murrenden Fürsten zu, und Hera, die voll Sorge befürchtet hatte, dass doch noch einer der verhassten Brut am Leben bleiben könne, nickte erfreut zu dieser Untat. Die Griechen bestiegen ihre Schiffe; auf dem Deck sangen und lärmten die zechenden Sieger, und aus dem Schiffsraum drang das Schluchzen der gefangenen Kinder und Frauen. Günstiger Wind; die Schiffe glitten leicht über die gekräuselte Flut, vorbei an Kap Tenedos und südwestwärts zur Insel Lemnos, und bald war von Troja nichts mehr zu sehen als eine schwarze Säule Rauch, die in den Lüften wie ein Schirm sich verbreiterte, ehe sie im hellen Himmel verging. Frische See, guter Wind; die Schiffe jagten, die Segel gebläht, über das Meer hin, und Ajax der Lokrer lachte und jubelte am fröhlichsten von allen griechischen Königen, wäre er doch vor einer Stunde noch um ein Kleines mit Steinwürfen in den Hades getrieben worden. So sang er denn laut und pries die Güte und das sorgende Walten der Oberen, und der Himmel war strahlend blau und wolkenlos, und Ajax hob einen Pokal süßen Weins an die Lippen, da sandte Athene einen Blitz, der das Meer spaltete und das Schiff des Mannes, der ihr Standbild umgestoßen hatte, in den Abgrund riss. Voll Schauer sahen es die Griechen, und ihr Weisester sprach: »Gebt euch nicht zu früh der Freude hin, Achaier, noch sind wir nicht in der geliebten Heimat, und noch wissen wir nicht, welche Fährnisse und Plagen die Unsterblichen uns zugedacht haben!« Der dies aber ausgesprochen hatte, war kein anderer als Odysseus gewesen, und er sollte nur zu furchtbar Recht behalten: Zehn Jahre, so lang wie der Krieg vor Troja gedauert, war es dem Ärmsten bestimmt, vom Zorn des Poseidon verfolgt durch die Meere zu treiben, ehe er seinen Fuß wieder auf Ithakas Boden setzen durfte. Zehn Jahre ungewisser Fahrten – aber davon handelt unser nächstes Buch.

»… ABER DAVON HANDELT UNSER NÄCHSTES BUCH«:

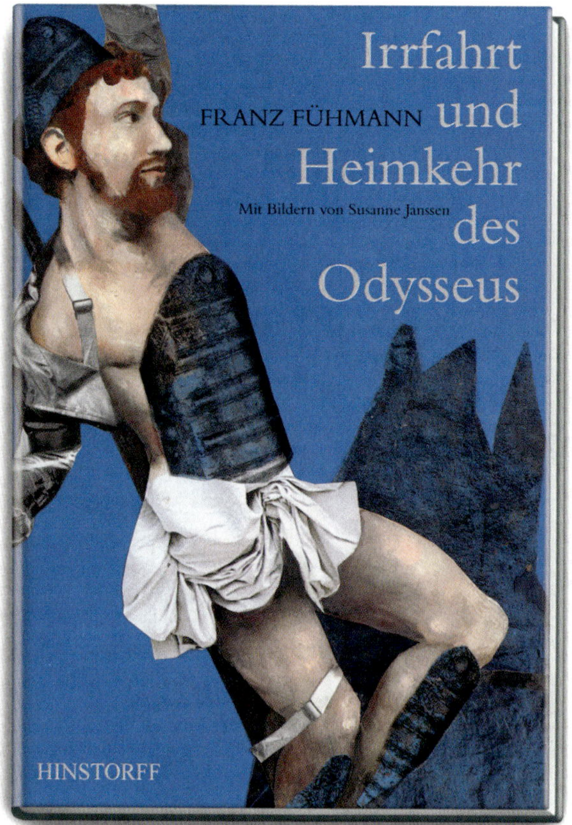

Die Mitternacht war vorbei, als Odysseus geendet hatte, und obwohl sich nun alles zur Ruhe legte, konnte niemand schlafen, so sehr hatte der wundersame Bericht des Weitgereisten die Herzen bewegt.

Das Land der Kyklopen mit dem einäugigen, selbst Menschen fressenden Polyphem, die riesenhaften Laistrygonen, die mit Felsen werfen (und auch treffen), Kirke, die schöne gefährliche Zauberin, Sirenen, Göttinnen und Götter – und zwischen allen Odysseus mit seinen immer weniger werdenden Gefährten: Weltliteratur – lebendig, unaufdringlich lehrreich und sagenhaft spannend nacherzählt von Franz Fühmann.

ISBN 978-3-356-01386-3